sunlight

Kei Matsushima

陽光

松嶋 圭

陽光

松嶋圭

梓書院

陽光

子供の頃、夏休みになると祖父母のもとに預けられた。祖父は壱岐島の田舎医者で、港を見下ろす高台に診療所を開いていた。海水浴に行ったり、カブトムシを捕りに行ったりして丸一ヶ月、島の夏を楽しんだ。何故預けられていたのかというと、私についてはあくまで「ついで」であって、祖父母の、いや祖母の目的は二つ上の兄の方だった。今は本土の街に住んでいても、将来医者になったら島に戻ってくるのだと、長男である兄の頭に刷り込ませたかったらしい。のちに母からそう聞いた。母は泣く泣く送り出していた。我が子を姑に奪われるようで悲しかったと言う。この場合の我が子とは兄のことを指している。「ついで」の次男も一緒だったはずだが、それは記憶に無いようだ。

祖母の目論みは成功した。兄は一昨年、壱岐島に戻って父の病院を継いだ。若先生と呼ばれている。兄の嫁と娘は福岡で暮らしている。兄は平日、島で働き、週末になると福岡の街で家族と過ごす。兄の娘、つまり私の姪はバレエ教室に通っている。夏を島で過ごす義務は課せられていない。

祖父母の家には住み込みのお手伝いさんがいた。炊事洗濯、掃除に買い物、家のことは何でも彼女がやった。家は二階建ての日本家屋で、別棟の診療所と廊下で繋がっている。祖父は診療以外のほとんどの時間を書斎で過ごした。書斎は二階の隅にあって、筆や半紙で埋め尽くされていた。島では書家としても知られていたらしい。近所の公園や施設の銘板は祖父の筆によるものも少なくない。

書斎の真ん中の大きな平机で、祖父は年中書いていた。「晩御飯できたから、おじいちゃん呼んできて」と言われて階段を登る。障子を開けると、正座して半紙に向かう祖父の背中があった。

大人になるまで気付かなかったが、祖父は書斎に逃げ込んでいたのだ。家の主は祖母だった。祖父は婿養子で、分をわきまえて生きていた。あるいは八畳間に自分を収めていた。開業医の娘であった祖母には、姉はいたが兄弟はいなかった。そこで島を出て東京で文学を学んでいる青年に白羽の矢が立った。「文学では飯は食えぬ。医学部に入れてやる。学費も全部出す。婿入りして医者にならんか？」斯くして祖父は医者になった。

祖父母の家では三食ともお手伝いさんが作っていた。島なだけに新鮮な魚が食卓に登った。肉や野菜も地の物だった。

祖父はなぜか、朝食だけは一人で早めに取った。メニューはいつも同じ。イチゴジャムを塗った食パンと、温めた牛乳。食パンは焼いてもいない。ジャムを塗った食パンを真ん中で折って、それを牛乳に浸して食べる。くる日も、くる日も。

ある日、牛乳でひたひたのパンを食べている祖父に

「おじいちゃん、それホントに好きなんやね」

と言うと、微妙な顔で見つめられた。

祖母は席を外していて、部屋には二人きりだった。

「普通の朝御飯が食べたいなあ。目刺しと味噌汁と、白ご飯」

仰天した。こんなに毎朝食べ続けているから、余程好きなんだろうと思っていた。訳がわからなかったが、何となくこれ以上訊ねるべきではないと感じたし、他言してはならない話だとも思った。実際、長いこと誰にも言わなかった。

朝食の理由は祖母だった。祖父の朝食だけは祖母がつくっていた。「ちゃんと夫に食べさせています」と抗弁するために。祖母は料理が全くできない。能力と意思の両方の問題で。食パンにジャムを塗って牛乳を温める、祖母にできるのはそれだけだった。

誰一人、祖母に甲斐ぐしい妻であることを求めなかったし、非難もしなかった。それ以前に、祖母は人付き合いを避けていた。抗弁する相手などいない。おそらく祖母は、自分自身に抗弁していた。

＊

砂浜から海の家に上がるときは、まずたらいの水に足を入れ、左右の足を擦り合わせて砂を落とす。次に足拭きの上で何度か足踏みして水気を取る。それでようやく畳に足を踏み入れられる。

私はたらいの水に抵抗を感じていた。水はたまにしか替えられない。沢山の人が足を突っ込んだ水は、何だかとても不潔に思えた。足拭きに至ってはその倍くらい汚い気がした。何度も踏みつけられた足拭きは絞る前の雑巾のようで、本当に水気を取っているのかどうかさえ怪しかった。

夏の初めはたらいに足を入れられず、端の方にある蛇口のところまで行って流水で洗っていた。畳に水の足跡を残しながら叔父や叔母のもとに急ぎ、タオルで拭いて一件落着。

テーブルにスイカが待っている。他に蛇口を使っているのは、観光客の若い女の人くらいのものだった。私は自分が蛇口派であるのが恥ずかしかった。それでも何日か海に通っているうちに、気持ちが段々たくましくなってくる。意を決してたらいの水に足を浸す。足拭きの上でジャンプする。一度やってしまえばあとは平気だった。毎年この通過儀礼を済ませると、私は晴れて島の子になる。蛇口で足を洗っている観光客を尻目に、スイカにかぶりついて浜を眺める。目が眩むほどの白い砂。波間で陽の光が乱反射している。裏の松林から蝉の声が届く。時々、空で鳶が鳴く。

今でも夏に帰ると浜に行く。一日中ジェットスキーがエンジン音を轟かせている。近くの野外ステージでは島おこしのレゲエフェスティバルが催されている。

*

季節外れの海へ。そこにはエンジンもスピーカーも無い。打ち寄せる波の音がちゃんと聞こえる。あの夏が懐かしくなったら、夏を避けて訪ねれば良い。

祖父には運転手がいた。往診用に雇っていたようだが、用心棒の意味もあったと思う。運転手の平川さんは私の遊び相手にもなってくれた。相撲にキャッチボール、メンコにチャンバラ。早朝の裏山にカブトムシを捕りに連れて行ってもらうこともあった。平川さんは山のどの辺りの、どの木で捕れるのかを熟知していた。

平川さんはよくガレージの前で祖父の車を洗っていた。上半身裸になってホースで水を掛け、スポンジで車体を磨き上げる。夏の陽射しを受けて、バンパーやホイールが眩しく輝いていた。洗車を終えると平川さんは自分の体にも水を掛けた。それからタワシで腕や肩をこすり始める。肘から背中にかけて、龍の刺青が入っていた。

「坊ちゃん、これ、いくらこすっても消えんとばな」

そう言いながら、洗車のたびにゴシゴシやっていた。

私が中学に入る頃に平川さんは運転手をやめて、港の端に小さなラーメン屋を開いた。すぐに潰れて、その後は焼き鳥屋やら蛸焼き屋やら、色んな商売に手を出した。夏祭りではイカ焼きを、正月は神社の前で梅ヶ枝餅を売っていた。大人になって、平川さんのような人のことをテキ屋というのだと知った。平川さんはときどき酒にのまれて問題を起こした。年を取って肝臓を患い、最後は脳出血で息を引き取ったそうだ。

*

本当にあったことなのか、それとも夢だったのか。はっきりしない記憶があった。

ある晩、祖父が医師会の集まりか何かで遅く帰ってきたのを、玄関先の坂の下まで迎えに行った。すると祖父は「見ててごらん」と言って街灯の下でタップダンスを始めた。麻のスーツに革靴を履いて、街灯をスポットライトがわりにフレッド・アステアよろしく軽やかにステップを踏んだ。

私はただただ目を丸くしていた。ひとしきり踊ったあとで、祖父は口の前に人差し指を立てて家の中に入っていった。祖父が踊るのを見たのは後にも先にもこの一度きりだった。

祖父は私が大学生のときに大動脈解離でこの世を去った。祖父の初盆でその夜の話をしたら「タップダンス？　何ば寝とぼけちょっとない」と皆に笑われた。それで自分でも「あれは夢だったのではないか」と疑うようになった。以来その謎については心の奥に仕舞っていたが、先日、九十八歳になる近所の馬渡さんと立ち話をしているときに、ふと思い立って訊ねてみた。すると馬渡さんは拍子抜けするほどあっさり肯定した。

「そうばな、タップダンスなんかやろらしたばな。こげんこと言うのもあればってか……まあ先生も奥さんも、もうのうなってしもちょらすけん。あのねえ、先生はもともとハイカラで、気の良か人やった。それがいっきょい、人が変わらしたとよ」

祖父の話には結局、祖母が現れる。

街灯の下のタップダンスは夢なんかでは無かったのだ。嬉しい反面、どこか悲しくもあった。あの夏の記憶が確かに存在したということ。同時にそれが失われつつあるということ。感じていたのは、多分そういうことだった。

＊

祖父母の港町には砂浜が無かった。浜は島を横断した反対側にあって、車で二十分の距離だった。大抵は平川さんに送迎してもらった。

浜に向かう途中、島で一番の平野を横切る。道の両側に田んぼが広がり、青い稲穂が風に揺れていた。毎年の光景なのに、平川さんは誇らし気に何度も言った。

「こえん広か田ばるは見たこつなかろう？」

平野の道を走れば、今尚遠くまで続く青田を眺めることができる。ただし、それは道の右側に限られている。左側の田んぼは綺麗に整地され、古代の復元住居が建ち並んでいた。それまで平野の一画で細々と発掘されていた原ノ辻遺跡が、十数年前に国から特別史跡の指定を受けた。遺跡にあやかって、観光客の呼び水となるべく復元住居が造られた。発掘を進める上でも左側の田んぼを潰すのは致し方ないことのようだった。

「広か田ばる」が懐かしいが、私に失われた風土のことを語る資格は無い。最近になって知ったことだ。祖父母の港町にも昔は砂浜があった。二、三キロ続く見事な白砂の浜だったらしい。河口から外洋に向かって、二つの砂浜がハの字に向かい合っていた。遺跡に住んでいた古代人も、そこで魚や貝を採っていたかもしれない。

昭和三十年代に砂浜は姿を消した。田んぼをつくるための干拓事業で、立案したのは医者の傍ら議員を勤めていた私の曾祖父だった。干拓地は土壌が優れず、あまり良い米が穫れなかった。結局はほとんどの土地がタバコ畑に転用されている。干拓地の端に立って広大なタバコ畑を見渡した。奪ったものの大きさに呆然とするしかなかった。もし残されていたとしたら、どんなに美しい砂浜だったことだろう？

タバコ畑の脇に「横浜」という名のバス停がある。読んで字のごとく、当時は浜の真横に位置していた。海沿いの道をバスが走る。乗客は砂浜の照り返しに目を細める。彼方で波が煌めく。伝馬船が対岸に向かってゆっくり進む。海猫の群れが一斉に翻る……。

最近知ったことがもう一つある。
平川さんは晩年、脳出血の後遺症で介護が必要な体になっていた。麻痺が残り、性格が変容して妻や子に暴力を振るった。一方で私の名を繰り返し口にしていたらしい。カブトムシを捕りに行ったこと、相撲をとったこと、そんな夏の思い出を、実の子に向かって際限なく話し続けた。
私は平川さんの存在すら忘れて、本土の街で呑気に暮らしていた。

*

祖母は祖父の死後二十年を生きて、最後の数年を父の病院で過ごした。晩年は寝たきりで、意思の疎通はかなわなかった。私は薄情な孫だった。ほとんど見舞いにもいかなかった。通夜の席で看護師に「最後に見舞いに来たのはいつ?」と耳の痛いことを言われ、実際いつだったか思い出せなかった。

祖父母の家では二階の和室に布団を並べて兄と一緒に眠っていた。ある晩、私はおねしょをした。よくある漫画みたいに、トイレに行く夢を見て本当にしてしまったのだった。夜中の三時で、兄は何も知らずに寝息を立てている。

布団も寝間着もぐっしょり濡れていた。祖父母の寝室に行って祖母を起こした。祖母はあらまあと言いながら着替えを出し、布団を敷き直してくれた。ところが今度は寝つけない。それでまた祖母のところに行った。祖母は「枕を持っておいで」と言った。祖父は大口を開けていびきをかいている。二人の間に枕を置いて川の字になった。祖母は片肘をついて私の方を向いていた。何も言わずに。

私は「何か歌って」と言った。祖母は困っていた。童謡が歌えず、何度か演歌を歌いかけて結局やめた。模索の末に「田舎のバス」を歌い始めた。コミカルな昭和歌謡で、歌詞の内容もメロディの調子も、そのときの空気にぴったりだった。私も祖母もクスクス笑った。私は「もう一回歌って」と何度もせがんだ。

二人ともホッとしていたんだと思う。典型的な祖母と孫の関係を演出できたという安堵感。あのとき確かに、そういう感覚を共有していた。以来、祖母は時折「田舎のバス」を口ずさんだ。それは私と二人きりのときに限られていた。

私にも、祖母の記憶があったわけだ。

＊

五時過ぎの浜辺は閑散としている。

夕暮れとまではいかないが、陽は西に傾きかけていた。海の家のおじさんとおばさんはレジの前のベンチでひと休み。アルバイトの学生さんが波打ち際の貸しボートを浜に引き上げている。兄と一緒に手伝いに行く。それからベンチまで駆けっこする。

おじさんが売れ残ったおにぎりを分けてくれる。

「夕方の海が一番贅沢っかなあ」

おばさんの口癖を聞きながら波の往復を眺める。

私は明日も、この浜で過ごす。

伝馬船

本家ばあちゃんが死んだのは、何年前のことであったか？

父に電話すればすぐにでも教えてくれるだろう。ただ父自身、膀胱癌の腎転移で手術したばかりだから、そんな話はしたくないかもしれない。そもそもなぜ本家ばあちゃんのことを考えるようになったかといえば、それはおそらく父が癌を患ったからで、私の中に起きた死にまつわる連想は、電話した途端に悟られてしまうような気がしないでもなかった。

本家ばあちゃんは読んで字のごとく、本家に住んでいた。祖母の姉にあたる人で、正しくは大伯母というらしい。本家は祖父母の家から車で十五分ほどの低山の麓にあった。四方を森に囲まれた田舎屋敷で、庭の左手に先代の診療所が残っている。

大伯母が死んだ後、本家は空き家になっていた。東京から来た釣竿職人や引退した大学教授に請われてしばらく間貸ししたこともあったようだ。カントリーライフに憧れたのだろうが、実際の田舎暮らしがムカデとマムシ、あるいは相互監視と噂話であることを知った彼らは、一年ももたずに東京に戻って行ってしまった。主を失った家はあっという間に老いさらばえる。今ではほとんど廃屋と化している。

兄と私は夏休みの間、祖父母の家に預けられていたが、盆の三日に限っては父と母も揃って島に帰省した。父母のいる盆の間に、一度は家族揃って本家を訪れることになっていた。

＊

本家の勝手口を開けると、土間の先に八畳ほどの小上がりがあった。

本家ばあちゃんは手に持った青いブリキの車を畳の上において、台所から麦茶をもってきてくれる。両親とばあちゃんがそこで話を始める。兄と私は話に飽きて、麦茶を飲み干して外に出た。屋敷の裏手に井戸があって、古めかしいポンプを動かして水を汲み出すのが楽しかった。無駄にばしゃばしゃ出していたら、ばあちゃんが居間の窓から私たちを呼んだ。

「かす巻きあるよ、食べんでえ」

ちゃぶ台の大皿にかす巻きが切り分けてあった。

兄弟で競うように食べていると、

「まだあるけん、慌てんと」

とばあちゃんが笑う。

壁際に座り、ブリキの車を前後に動かしながら、

「漬けもんいらんでぇ？　サイダーは？」

と気遣ってくれる。

縁側に出て、皆で庭を眺めた。カンナが黄色の、サルスベリが桃色の花を咲かせていた。

蚊に刺された腕を掻いていると、ばあちゃんが立ち上がって、

「ムヒと蚊取り線香、持っちこうでぇ」

と部屋の中に入って行った。

縁側の隅で、青い車がばあちゃんの帰りを待っていた。


本家ばあちゃんは長男をバイクの事故で失っていた。二十五歳の若さだった。ブリキの車は彼の幼い頃の宝物で、ばあちゃんは終生、その形見の車を肌身離さず携えていた。一族の人間は、バイクだけは許されないことになっている。私も小さい頃からきつく言われていたし、今でもその禁令は生きている。

＊

大学に入って二度目の夏に、一人で本家を訪れた。

本家までは自分で運転して行った。もちろんバイクではない。私の一台目は中古のサニーだった。その夏はカーフェリーに車を乗せて島に渡り、あちこちをドライブしてまわっていた。本家の右手にある茅葺き屋根の駐車場に車を停めた。以前は馬小屋であったらしい。盆でも何でもない普通の日の夕方で、なぜ大伯母に会いに行ったのか、理由はよく覚えていない。

子供の頃と同じように、大伯母は冷たいサイダーを出してくれた。虫が入るから、と窓も障子もきっちり閉めて、寒いくらいに空調を効かせていた。それでも窓の外からヒグラシの声が聞こえてきた。

「ヒグラシはなんか好きだな」

するとと大伯母は「そうで」と、

「ばって、ちいっと寂しかねえ」

と言った。

それからしばらく二人でテレビを観ていた。高校野球をやっていた。陽が隠れて薄暗くなってきた頃、どういうわけか大伯母が自らの生涯を語り始めた。当然のことながら、大伯母は本家ばあちゃんである前に一人の女だった。彼女にも幼き日々や若かった時代があった。それが私には全く知らなかった新事実のように感じられた。大伯母にも名前があったのだ。

彼女の名は、真知子と言った。

*

真知子は四歳の夏に、両親に連れられて本土から壱岐島に向かう客船に乗り込んだ。父は警官で、次の赴任先が島の駐在所だった。当時の港は水深が浅く、客船の接岸はかなわなかった。客船は沖合いに停泊し、乗客は小さな伝馬船に乗り換えて砂浜から上陸した。

よく晴れた夏の午後だった。伝馬船は凪の海をゆっくり進んだ。海面が輝いていて目に眩しかった。おかっぱ頭の真知子はひたいに手をかざして舳先のそのまた先を見た。白砂の浜が、視界いっぱいに広がっていた。

舳先が浜に着く前に、船頭がひらりと船を降りた。船が揺れて、真知子は横に座る父の腕を掴んだ。弟は姉の腕を、姉は母の着物の裾を握っていた。父と母は「おっとっと」と笑いながらバランスをとっている。船頭に抱えられて波打ち際に足をおろすと、湿った砂が柔らかく沈んだ。五人の足跡を、打ち寄せる波が綺麗に消していった。


真知子の父は好人物で、すぐに島の人々の中に溶け込んだ。駐在さん、と呼ばれてはいたが、赴任中の仕事はほとんど無いに等しかった。犯罪自体が稀だったし、あったとしても、よりあいの中で始末されていた。駐在所は港から内陸に入った農村部の入り口にあった。住居を兼ねていて、そこで家族五人、のんびり田舎暮らしを楽しんだ。

ある日、真知子は山に向かう道の途中で、右に折れる私道を見つけた。その小径の先に木造の平屋が現れた。木壁は白く塗られ、入り口のガラス戸に金文字が入っている。戸に近づいて金文字に触れていると、中から白い割烹着姿の女が顔を出した。

「あら、一人で来たとで?」

真知子はうん、と頷いた。

「どうしたと？　どっか痛かとで？」

真知子は首を傾げて、

「これなんて書いてあるの？」

とガラス戸の文字を指差した。

割烹着の女は笑って言った。

「さんげんぢゃやしんりょうじょっち、書いちあるばな」

奥の引き戸が開いて、白衣を着た男の人が近づいて来た。

「どこん子で？」

そう言って真知子の前にしゃがみ込んだ。

「かつらぎまちこです」

「ああ、駐在さんとこの子で」

男は首に聴診器を掛けていた。真知子は聴診器のゴム管の黒々とした艶や、金属部分の輝きに目を奪われた。胸ポケットにさした万年筆のクリップや、鼈甲眼鏡のまだら模様にも。

「ねえ、ここ病院なの？」

「そうばな。おりがお医者さん。こんひとが看護婦さん」

そのとき外で馬が嘶いた。真知子は驚いて目を丸くした。

「お馬さんがおるよ。見に行かんで？」

先生は真知子の手を引いて診療所の奥に進んで行った。玄関の反対側に勝手口があって、そこを出ると池のある中庭に通じていた。庭の右手に馬小屋が見えた。往診用の栗毛の馬が一頭、隣の牛舎に黒い牛が二頭いた。先生に抱えられて、真知子は馬の首のあたりを手のひらで叩いた。

以来、真知子は馬を見たいが為に、診療所に足繁く通うようになった。先生は真知子を猫可愛がりした。診療の合間に馬小屋を案内し、庭で草笛の作り方を教えた。庭の先には二階建ての立派な屋敷があった。先生は真知子を屋敷にあげて、饅頭や羊羹を振る舞った。真知子も先生によくなついた。先生の膝の上でお絵描きやお手玉をするのが大好きだった。

屋敷の中にも割烹着の女の人が何人かいた。

「看護婦さん？」

と真知子が問うと、皆は大笑いした。

「いんにゃ。ただの飯炊き女ばな」

先生が診療で忙しいときは、女中さんが相手をしてくれた。

炊事場の脇の板間で女中さんたちと一緒にあやとりをしていると、急に皆が立ち上がって方々に散っていった。顔をあげると、髪を結った着物の女が見下ろしている。女はニコリともせず、踵を返して奥に戻って行った。女中さんたちはその人のことを「奥様」と呼んだ。奥様はいつも綺麗な御召し物を着ていた。そしていつも、怖い顔をしていた。

先生は真知子だけでなく駐在さん一家の面倒をみた。魚や米を届けさせ、祭りに誘い、こまごまとしたことに便宜をはかった。おかげで一家は美しい島の秋を、静かな冬を過ごすことができた。秋の翳りや冬の厳しさについてはほとんど知らずに済んだ。

翌年の春先、駐在さんはまた別の土地への転勤を命じられた。先生は一家との別れを、というより真知子との別れを寂しがって、ある晩、行灯片手に駐在所を訪れた。駐在所は無人だった。裏手の住居の呼び鈴を鳴らすと、一家五人が揃って出迎えにきた。

「遅うにすんまっせん。ちいっと話があっちな」

先生はいつになく神妙な顔をしている。

居間のちゃぶ台の前に座り、お茶を一口啜って先生は言った。

「奥さん、悪かばってお子さんば連れち、ちいっと外へ出ちょっちくれんで。ご主人と二人だけで話したかけん」

そうして二人きりになると、先生は姿勢を正した。

「真知子ちゃんば養子にもらえんめえが」

駐在さんは仰天した。あまりにも突然の話で、ただ固まっているしかなかった。それから互いに一言も口をきかず、ちゃぶ台の上の漬け菜を見つめていた。

「考えちょっちな。よろしゅう頼むばな」

そう言って先生は帰って行った。

駐在さんは実際、本気で考えてみた。娘の将来のことを思うと、案外悪い話でも無いような気がしてきた。迷った挙句、駐在さんは真知子本人に尋ねることにした。

「先生んとこの子になるね?」

真知子は「うん」と頷いた。

両親と、姉と弟が乗った伝馬船を、真知子は先生に抱っこされて見送った。

父と母は黙って我が子を見つめていた。伝馬船は沖に停泊する客船に向かって進み、次第に小さくなっていった。それを目で追いながら、真知子が「先生」と呼びかけると、先生は「こりからお父さんち呼べ」と言った。

奥様のことをお母さんと呼ぶべきかどうか、真知子には判断がつかなかった。奥様は相変わらず真知子に対して冷淡だった。それも仕方がなかったのかもしれない。彼女にも葛藤があった。妻はまずもって孕むことを求められた。かなわなければ、すべからく女の側の問題とされた。奥様は名をキエと言った。キエの夫、つまり先生の名は靖太郎。キエとは対照的に、影の無い人物だった。

ある日、真知子に妹が出来た。というより、突然現れた。生まれて間もない乳飲み子で、つり目で唇が尖っていた。

「尚美ちゃん、あぁた、ほんなこてよかったたねぇ」

布団の上でもぞもぞ動いている赤子を、女中さんたちが囲ってあやしている。真知子は板間に立ってその様子を眺めていた。

「こん家に貰われち来たとじゃけん、もう安泰ばな」

「もとはどこん子じゃろう?」

「川迎の、赤井さんとこよ。川迎、何年も米の穫れんとじゃろう？」

「あすこは大変。どこん家も、すっからかん」

「貧乏ならうちも負けんよ。あ～あ、いっそ私も貰うちくれんめえか」

女中さんたちは手を叩いて笑い、尚美の顔の前で、でんでん太鼓を振ってみせた。

どういうわけか、キエは尚美の前では顔を綻ばせた。真知子は子供ながらに疑問に思った。奥様が尚美を溺愛するのは、尚美がまだ赤子であるからか？

五年後、十歳の真知子はその答えを知ることになる。妹は変わらぬ寵愛を受けていた。真知子に対して、キエは依然として奥様であり続けた。真知子は物静かで生真面目だった。尚美は我儘で、底意地が悪かった。つまりはキエによく似ていた。

靖太郎が二人に小遣いを与えると、真知子は無駄遣いをせず蓄えにまわした。一方、尚美は貰ったその日に全額を使い切った。奥様は例のごとく、冷たい眼差しで真知子を一瞥した。

「可愛気ん無かねえ」

それから妹に笑いかけた。

「尚美の方が子供らしゅうち、良か」

そう言って尚美にだけ、追加の小遣いを手渡した。

全てがそんな調子だった。例えば真知子は勉強がよく出来た。尚美の成績はパッとしなかった。それでも真知子が褒められることはない。成績が良いことでさえ「可愛気ん無か」とみなされた。


跡取りの出来なかった靖太郎が養子を、それも男ではなく女の子を二人続けて貰ったのはなぜか？　もし男の子を養子に貰ったとして、その子の出来が悪かったら家は途絶えることになってしまう。どこからか医者を捕まえてきて跡取りに据えるという手もあったが、その場合、家督を継がせると言うよりはむしろ、家督を奪われる、と言った方が正確な気がした。その点、女の子を養子にもらって医者を婿入りさせれば、ほぼ間違いなく世継ぎが得られる。靖太郎は策士であった。

真知子は勉学を続けたかったが、キエは「必要無か」と冷たくあしらった。靖太郎も、婿入りさせるには誰が良いかと、それればかり考えていた。医者であれば誰でも、という訳にはいかなかった。必要なのは、島に住んで靖太郎の後を継ぐ人間だった。靖太郎は島の学校に出向き、校長に話を通して秀才何人かと面談した。そのうちの一人、中沢忠男は明らかに他の学生と違っていた。彼は飢えた目をしていた。

「めおとに、ですか」

面談は校長室の脇にある応接間で行われた。革張りのソファに忠男は足を組んで座っていた。物怖じしない態度に、靖太郎はむしろ感心した。

「婿入りしち、あとば継ぐのが条件たい」

靖太郎は医大の学費と生活費を保障した。忠男は食い入るように靖太郎の話を聞き、そしてその場で人生を決めた。

話がすっかりまとまった後で、真知子には既成事実として知らされた。忠男は隣町の色男だった。彼女は素直に受け入れた。正直に言えば嬉しかった。忠男には粗野なところがあったが、若い真知子にはそれが男らしく見えた。

忠男は新設されたばかりの東京の医科大学を受験して見事合格した。忠男の成績からすれば当然であったかもしれない。新設の医大には資金が必要で、裏口が開かれていたという話もある。許嫁の真知子は島で暮らし、年に二回上京した。忠男は特にもてなすでもなかったが、夜になったら真知子を抱いた。忠男は小綺麗な借家に住んでいた。調度の類も安い物ではなかった。

ことが済むと、忠男は枕元でタバコを吸った。

部屋を見渡し、

「お前は幸せもんじゃなあ」

と言って口元だけで笑った。

あるいは真知子を一瞥して言った。

「お前の親父はどういうつもりで、お前ばここにやったつじゃろうかなあ」

真知子をあざ笑うかのように、そして半分自虐的に、忠男は鼻をフンと鳴らした。

真知子自身、それについては考えないでもなかった。要は手付けなのだ。でなければ念書といったところか。平机の上の金時計や、本棚に並ぶ医学書と同じだった。この人は私が養子であることを知っている。というより、きっと島の誰もが知っているのだろう。

それでも真知子は半年おきの東京を楽しみにしていた。出発の日に伝馬船に乗り込むとき、得も言われぬ喜びを感じた。東京の華やいだ街並みには胸が踊ったし、忠男は悪い男なのかもしれないが、そういう輩に特有の、艶っぽい色気を有していた。そういう毒に、お嬢様育ちの真知子は免疫を持たなかった。

忠男は大学を卒業して、滞りなく医師の免状を手に入れた。真知子は島で連絡を待っていたが、待てど暮らせど知らせが来ない。靖太郎は忠男の在所に電報を打った。それでも返事はなかった。仲間と祝い酒でも飲んでいるのだろうか。忠男の両親は島に住んでいる。その両親にも連絡がないと言う。

真知子が様子を見に行くことになった。上京し、東京駅からまっすぐ忠男の部屋に向かった。留守だった。何度訪ねても留守だった。大家に事情を話して鍵を開けてもらった。家具は以前のままに置いてあったが、よく見ると本棚の医学書や箪笥の衣類が無くなっている。忠男は免状を取るだけ取って、どこかに姿をくらましていた。

真知子はその後何週間か東京で過ごした。医大の事務課を訪ねてみても、何も情報は得られなかった。卒業生の多くは母校の付属病院で研修することになっていたが、全員がそうするわけではなかった。故郷の病院で修行する者もいれば、行方を大学に伝えていない者も、忠男に限らず何人かいた。「免状さえあればどうにでもなりますから」と事務員は言った。

父に電報を打つと「イエニモドレ」と返事がきた。

真知子は忠男の借家に残った家財道具を処分して、家賃の残りを支払った。大家は真知子に「他の女の人が、来ていましたよ」と言った。駆け落ちのようなものだったのだろうか。大家が何のつもりでそんなことを言ったのか、真知子にはよくわからなかった。大家はどちらかというと困惑したような顔をしていたので、意地悪で言っているのではなく、おそらくは不憫に思って教えてくれたのだろう。

真知子は島に帰り、しばらくは何をするでもなく家にこもっていた。忠男が真知子を、というか靖太郎を裏切って姿をくらましたというスキャンダルは、島中の人の耳に届いた。小さな島では、この手の話はあっという間に広まってしまう。

そのうちに妹の尚美が「東京で暮らしちみたか」と言い出した。キエはあっさりそれを認めた。靖太郎はさすがに二つを約束させた。一応は進学の形を取ること。卒業したら壱岐島に戻ること。それで東京の薬科専門学校への入学が決まった。やはり開校間もない新設の学校だった。真知子は尚美が羨ましかった。妹には進学が許された、それが妬ましかったというのはもちろんあるが、それよりもむしろ尚美の好き勝手な生き方に羨望を覚えた。東京に向かう尚美を、真知子は両親と共に見送った。伝馬船の上の尚美は背を向けて座っていて、振り返りもしなかった。

それから間も無く、真知子はまたも唐突に婚約の事実を知らされる。

相手は久留米に住む研修医で、当然、婿入りして靖太郎の後を継ぐことになっていた。文則と言う名の研修医は、もとは島の出身だったが、幼い頃に久留米近郊の八女の農家に養子にやられていた。彼は故郷での開業を望んでいる。靖太郎はどこからか文則の情報を得て、早速話をつけてきたのだった。研修医の間は生活費を援助する、研修が終わったら靖太郎の病院をそっくり譲る、それが提示された条件だった。

容姿はいかにも田舎の出といった感じで、正直なところ真知子は「野暮ったい」と感じていた。ただし彼は人柄がよさそうだった。柔和で穏やかな、素朴な人物のように見えた。

真知子は久留米で文則と同居した。式や披露宴は研修が終わって島に戻るまで先送りされることになった。そもそもが婿入りであったし、もしかしたら、靖太郎はどこかで慎重になっていたのかも知れない。研修中の医者には不釣り合いな、大きな平屋に二人は住んだ。言うまでもなく、靖太郎が用意した家だった。真知子にとっては意外なことに、文則は義父からの援助を何の躊躇もなく受け入れた。背広を仕立て、舶来の時計を買って平気で請求書を真知子の実家にまわした。それが条件のうちに入っていることを知らないではなかったが、富を満喫する文則の姿を見て、真知子はひどく落胆した。彼の純朴そうな雰囲気との落差に戸惑いを覚えずにはいられなかった。

自分は結局、媒介なのだ。真知子は自らを蔑んだ。そして自分のことを、また少し諦めた。文則は中途半端な肥満体型で、実を言えば営みの最中に、忠男の筋張った体を思い出したりしていた。

それでも期待を持たないようにして夫婦の暮らしを続けているうちに、安らぎを得られるようになってきた。養子に入って以来、島以外の場所で暮らしたことはなかったし、もちろん新婚生活も初めてだった。もしかしたらこれが幸福というものなのかもしれない、と真知子は思った。あるいは、これを幸福と感じるべきなのかもしれない、と。久留米には海がなかったが、街の外れに筑後川という名の大きな川が流れていた。真知子は時々、一人で川沿いを散歩した。その川を眺めながら、こうしてゆっくり、月日は流れて行くものなのだろう、などと考えたりしていた。

そうして一年が経った頃、突然、文則に異変が起きた。

どういうわけか目つきが悪くなり、落ち着きが無くなった。ときどき障子の隙間から外を覗き見て、何かを警戒しているようなそぶりをみせる。そのうちに「奴らに尾行されてる」とか「警察に見張られてる」などと妙なことを口にするようになった。

ある日、血走った目を真知子に向けて、

「わかってるんだぞ、お前は真知子の偽者だろう」

と大声で叫んだ。

「お前は一体、誰なんだ?」

そう言って家から飛び出して行った。

真知子は恐怖のあまり一歩も動けなかった。台所の端にへたり込んで、膝を抱えて震えるしかなかった。

文則は繁華街の真ん中で訳のわからないことを喚き散らして、その場で警察に取り押さえられた。警察は病気によるものと判断して、文則の勤務先の大学病院に搬送した。一報を受けて真知子が病院に駆けつけると、文則は牢屋のような病室に入れられていた。腰が抜けそうになった。夫が雄叫びをあげて、檻に向かって体当たりしていた。

うろたえる真知子の元に靖太郎が飛んできた。靖太郎の動きは素早かった。靖太郎は真知子に「いっぺん、壱岐に帰り」と言い、その日のうちに島に向かわせた。靖太郎はそれから何日か久留米に残り、色々と手を下してから島に戻ってきた。真知子が文則のことを口にすると「いっとき待っちょき」と繰り返すだけだった。

靖太郎は使いの者を久留米にやって、あれこれ細かく指示を出した。数週間後には真知子の結婚、というか文則の婿入りは解消されていた。さすがに真知子は「文則さんに悪い」と言ったが、靖太郎は「仕方んなか。ありにゃ継がせられん」とはっきり言った。二人が暮らした久留米の家も、代理人の手によって処分された。真知子は一度も久留米に戻らなかった。檻の中で、意思疎通もままならぬほどに錯乱した文則の姿が、瞼の裏に焼き付いていた。かなりの歳月が流れた後で、文則が自ら首を括ったことを、真知子は風の噂に聞いた。

東京で暮らす尚美にも縁談が持ち上がっていた。相手は弘樹と言う名の青年で、島の学校を出た後、東京で文学を学んでいた。島にいた頃は秀才として名を馳せていたらしい。靖太郎は弘樹に白羽の矢を立てた。その年の夏、靖太郎は盆に帰郷していた弘樹を家に呼んだ。

「文学では飯は食われん。医者にならんか。文学は医業のかたわらでやればよか。学費と生活費はごっとり出しちゃる。診療所も家も用意しちゃるけん」

弘樹は結局、これをのんだ。そうして実際、九州帝国大学の医学部に入り直した。

これで全くの一人だと真知子は思った。結局のところ親の望みを叶えるのは妹の尚美だった。奥様にはもちろんのこと、女中や出入りの業者にまで無用の者と思われている気がしてならなかった。自分は人というよりも何かの容器とか、筒のような存在に近いと感じていた。自分の内側にはもう何も無かった。

弘樹は順当に帝大を卒業し、間も無く島に戻ってきた。靖太郎は弘樹の診療所と家を建てるために、港の近くの高台に土地を買った。太平洋戦争の真っ最中だったが、幸運なことに壱岐島は世界から取り残されていた。機銃掃射が何度かあったくらいで、空爆は結局、一度もなかった。

島の人間はほとんど戦争を経験しなかった。ただし全くというわけではない。若者は兵隊にとられて戦死していたし、島のあちこちに防空壕が掘られていた。例えば弘樹には彼なりの戦争体験があった。弘樹は実際の戦場を知らない。彼にとっての戦争は、帝大病院の中にあった。

弘樹は無事に医学部を卒業し、その後は付属病院の外科で研鑽を積んだ。帝大にはアメリカの国力を知る者が少なからずいて、実は自国の行く末を危ぶむ声も其処彼処で囁かれていた。それはもちろん開戦前後に限ったことで、やがてそのような危ない橋を渡る者は、一人たりとていなくなった。

戦争末期、弘樹は病院内で嫌な噂を耳にする。帝大病院で、米兵捕虜に対する人体実験が行われるかもしれない……。にわかには信じられない話で、最初は真に受けなかった。ところが日を追うごとにどこからか、具体的な内容が漏れ聞こえるようになってきた。主任教授が音頭をとって、生体解剖が計画されているという。弘樹は唖然とした。生きたままの人間を、本当に解剖する気なのか？　戦争による集団ヒステリーと、アカデミズムに属する人間の狂気に、彼は心底ぞっとした。思い悩んだ末に「義父が急死したので島の病院を継がなければならなくなった」と嘘をついて帝大病院を離れることにした。嘘がばれたらそれなりの罰を受けることになっていたかもしれない。弘樹にとっては大きな賭けだった。幸い疑われることもなく、彼は島に戻ることが出来た。

帝大は生体解剖を実行した。戦後、この蛮行は弾劾される。関わった者は処罰された。

壱岐島は九州と朝鮮半島の中間に位置している。軍は警戒して、島に東洋一の巨大な砲台を作った。が、結局は一発も撃つことなく解体された。

弘樹は終戦間際に開業した。日本中で物資が不足する中、立派な診療所が造られた。棟上げの日には靖太郎が屋根の上から餅をまいた。自分の診療所と本家の母屋を弘樹に譲るのでも良かったはずだが、靖太郎はそうしなかった。真知子に気を使ったのかもしれない。譲るとなったら真知子も家を出なければならなくなる。

靖太郎は患者の多くを弘樹の診療所に振り分けた。とはいえ隠居など露程にも考えていなかった。その頃の靖太郎は医業よりも政治にのめり込みはじめていた。国政のような大きな話ではなく、彼の関心はあくまで島の中での権力に、端的に言って利権なるものに向けられていた。靖太郎は土建業者と近しくなった。終戦後の地方選挙に打って出て、まんまと議場に椅子をせしめた。

真知子は三度目の縁談を知らされる。例のごとく、既に決まった話として。

靖太郎が机の上に写真を置いた。

「定吉は医者じゃなかとばってんな。朝鮮から引き揚げち来たばっかりで、前は警官ばしよった。こりからは色々と、手伝いばしちもらおうち思うちょる」

真知子は写真を手にして上下を正した。顎の角ばった、短髪の男が正面を睨んでいる。

正直、真知子は寒気がした。奥様とは違う種類の冷たさを、男の目の中に見つけた気がした。女中の噂話を盗み聞きしたとき、なるほど、と腑に落ちた。彼は朝鮮の地で特高警察として暗躍していたらしい。戦後、特高あがりは公職から追放されていたが、靖太郎が手を回して定吉を役場の助役におさめていた。この婿入りにも、当然ながら靖太郎の算段があった。

それでも一緒になってみれば、案外、定吉に抵抗を感じなかった。もしかしたら実の父が警官であったことが関係していたのかもしれない。本家に程近い新築の平屋で、二人はつつがなく暮らした。そして間も無く、長男の源蔵を授かった。

源蔵を腕に抱いたとき、真知子はもちろん嬉しかったが、それよりも我が子を手にしているという事実がどうしても本当のこととは思われないような、あるいは狐につままれているかのような、そんな気がしてならなかった。それを現実として受け止められたとき、生まれて初めて、自分の体に血が通っていることを実感した。これがそうか、と真知子は思った。これが幸せというものか、と。同時に今までに感じたことがないほどの恐怖に襲われた。万が一、源蔵を失うようなことになったとしたら。想像しただけで血の気が引いた。幸せには恐れが伴うという、如何ともしがたい事実を知った。

靖太郎は土建業者と結託して土地開発計画を立案した。大規模な干拓事業で、建前として農地の拡張が謳われた。定吉は靖太郎の期待に応えた。半島の次はこの小さな島で策謀をはたらいた。役所はいつのまにか助役である定吉の、いや靖太郎の意のままに動くようになっていた。

第一次の干拓事業が始まった。工期は十年。靖太郎はその間、再選を重ねた。彼は砂浜が失われる分だけ権力を増した。一次の工事が終わったところで、砂浜の半分が消えていた。

ある日、真知子が炊事場で野菜を洗っていると、弘樹の運転手が家に駆け込んできた。

「真知子さん、診療所まで連れち行くけん、すぐ準備しち下さい」

運転手はバックミラー越しに言った。

「靖太郎先生が、倒れさしたとですよ。もう息もしよらっさんとです」

真知子は絶句する。どういうわけか、遠い日の記憶が蘇った。靖太郎に抱えられて父母の乗る伝馬船を見送った、あの日の光景が……。

車は港の脇の道を走っていた。視界の右、沖の方に客船が見える。空も海も、目が眩むほどに青かった。

診療所のパイプベッドに横たわる靖太郎の顔には、既に白い布が被せてあった。

「心臓麻痺」

弘樹がぼそりと口にした。皆に説明しているのか、それとも独り言であるのかははっきりしなかった。


予定されていた第二次の干拓事業は、定吉の手で滞りなく進められた。定吉にもまた野心があった。靖太郎の築いたものを、彼はそっくり引き受けるつもりでいた。

ある夜、風呂からあがった定吉が、台所に立つ真知子に歩み寄って唐突に告げた。

「お義父さんは、あれ、実は養子だったよ」

真知子はぎょっとして定吉の顔を見た。そこには何の感情も見当たらなかった。長いこと忘れていたが、夫は特高あがりだった。靖太郎自身、キエの父親に説き伏せられて、医業の譲渡を条件に婿入りしたのだという。今までその事実を耳にしたことがなかったのは何故か？　島の人たちは知っていて、私に言わぬよう示し合わせていたのだろうか？　だとしたら、それに何の意味が？　夫はいつ頃から知っていたのか？　家督とは一体、何なのか？

真知子の人生を翻弄し続けたこの「家督」なるものは、蓋を開けてみればただのパッチワークに過ぎなかった。

靖太郎が死んだあと、キエは生気を失っていた。皆はそれを意外に思った。キエにとって夫の靖太郎がどのような存在であったのか、おそらく誰一人わかっていなかったし、また最後まで謎のままだった。キエは母屋を定吉と真知子に譲り、本家の離れに庵を結んだ。真知子は幼い頃の仕打ちを思い、キエの態度に首を傾げた。最初はよくわからなかったが、そのうちに納得がいった。奥様も歳をとった、ただそれだけのことだった。

そして自分自身もいつのまにか、高校生の子を持つ母親になっている。源蔵の下にも、娘二人を授かっていた。姉の芳子はしっかり者で、次の春には中学生だ。末っ子の絵里香は小学二年生。内気で学校に馴染めずにいる。母親の弱い部分を受け継いでしまったのかもしれない。真知子は娘にうまく手を差し伸べることができずにいる。そして真知子が自覚する自分の弱さとは、まさにそういう気質のことを指していた。この堂々巡りはしかし、また別の意味で、血を表しているのかもしれなかった。

第二次の工事が佳境に入った頃、何と今度は定吉が斃れた。靖太郎が逝って五年目の夏のことで、定吉の場合は脳溢血だった。

「御愁傷様です」

弘樹は義兄というより、自分の持ち患者の誰かを看取るような口調で言った。

靖太郎が息を引き取ったのと同じ部屋、同じベッドの上で、定吉もまた冷たくなっていた。真知子は長年連れ添った夫の顔を見下ろした。瞼が閉まり切らずに少し開いていた。どこかで見た抑留兵の写真を思い出した。

長男の源蔵は福岡の私立大学に入ったばかり。芳子は高校生で、絵里香はまだ小学生だった。夫はあまりにも早すぎた。ただ、今までのことを考えてみると、その死はある意味順当であるような気もした。そういえばこんなものだった、と真知子は懐かしささえ覚えた。人はいなくなる。忠男も文則も、二人の父も。それが今度は夫だったというだけの話だ。

それでも私は一人ではない。今の真知子にはそう思うことが出来た。真知子には源蔵がいる。芳子も、絵里香もいる。源蔵は二十歳になっていたが、未だに息子の存在を奇跡のように感じることがあった。逆にその感覚が、どうにか真知子を現実の生活に繋ぎとめていた。真知子はときどき、源蔵に会いに行く。干拓事業で出来た新しい港から、タラップを登って客船に乗る。コンクリートで固められた港には大型の客船も着岸できる。伝馬船はとうの昔に不要になっていた。

真知子はこれまで、神も仏も信じなかった。ところが今度ばかりは神を想った。それも恨みの対象として。あるいは怒りの矛先として。

定吉の死から五年の後、真知子は庭で草むしりをしていた。植木屋の富田さんが「草刈機ば、かきゅうか?」と言ってくれたが、こと庭に関しては人の手を借りたくなかった。源蔵が里帰りしたときに、庭の草木のことを話して聞かせたかった。それに実を言えば、少しばかり富田さんが苦手だった。悪い人ではないのだが、会えば必ず、訊いてもいない尚美の近況や噂話を聞かされる。尚美には四人の子供がいる。男ばかりの四人兄弟で、そのうちの誰かが医者になって家督を継ぐことになるはずだった。妹の尚美とはほとんど顔を合わせることがなかった。かといって反目しあっている訳でもなかった。妹とは単純に、馬があわない。妹と言えどもそういう場合は距離を取る以外にないことを、歳を重ねた真知子は知っている。

源蔵は大学を卒業して、そのまま福岡の商社に就職していた。医業にはまるで関心を示さなかったし、島に戻る気はないようだった。真知子はそれで良いと、むしろその方が良いと思っていた。源蔵にはこの島にとらわれて生きて欲しくなかった。

縁側の下のタケニグサを引っこ抜いているときに、黒電話がけたたましく鳴った。軍手を外して家の中に入り、

「はいはい」

と言いながら受話器を耳に当てる。

相手は博多署の何某、と名乗った。

「源蔵さんが交通事故を起こしまして」

真知子は戦慄した。

何某の口調に。その声色に。

「残念なことに……」

真知子は息ができなくなった。何某が返事を求めている。

言葉が出ない。言葉は真知子の内側で破裂する。

お願い。

堪忍しちおくれまっせ。

待っち。

神様！

源蔵は国道をバイクで走っていて、カーブで運転を誤った。転倒し、道路に投げ出されて頭を激しく打ちつけた。即死であったらしい。今度ばかりは受け入れられなかった。真知子の中で、何かが決定的に損なわれてしまった。

*

窓の外は漆黒の闇。田舎の夜は恐ろしく暗い。

「事故だけは気ばつけにゃでけんよ」

大伯母はブリキの車を手に取った。

今まで大伯母とこんなに話し込んだことはなかった。というのも、正直なところ大伯母は少し病んでいるんじゃないかと思っていた。いつもぼんやりしていて、形見のおもちゃを肌身離さず持ち歩いたりしているものだから。福岡で暮らしている絵里香さんが「母と話すのが難しい時がある」と言っているのを聞いたこともある。私は意味を取り違えていたのかも知れない。

「よか人はおるとで?」

突然そんなことを尋ねられ、

「このあいだ別れたばっかりだよ」

と答えると「そうでぇ」と口に手を当てて笑い出した。

大伯母は茶碗に手をのばし、お茶を啜って窓の方を向いた。外には闇が広がるばかり。それでも何かを探すかのように、窓の向こうを見つめていた。

そして意外なことを口にした。

「できるなら、忠男さんにもういっぺん会うちみたか」

忠男というのは、確か一人目の男の名だ。医師の免状を手にした途端にどこかに姿をくらました、大伯母の許婚だった男。一体、どういうつもりで言っているのだろう? もし生きているとしたら昔を知るのは彼ぐらいのものだから、という意味なのか。それとも、実はずっと想い続けていた、みたいな話なのか。

それから一緒にスポーツニュースを観て、真夜中に本家を出た。大伯母は玄関先に立って見送ってくれた。帰りの夜道はあまりに暗く、ヘッドライトが照らし出す範囲の外は、何もない、虚無の宇宙が広がっているかのようだった。

＊

本家ばあちゃんが死んだのは、何年前のことであったか？

正月に帰省した折、父に直接訊いてみた。

「七年前じゃなかか？　葬式は高源寺じゃった。土砂降りになっちから」

もうそんなに、と思いつつ、まだそれくらいか、とも感じていた。言われてみれば、あの日は確かに雨がひどかった。喪服が濡れて、肌に張り付いて不快だった。島の葬儀は兎角派手で、ともすれば祝い事のようにも見える。色とりどりの袈裟を着た四人の僧侶が、太鼓や鳴り物を手に読経しながら舞い踊る。

「あん人は肺癌じゃったな。最後は全身に転移しちょったばって」

父は左腎の摘出手術を終えたばかりなのに、先週の術後検査で膀胱に再発巣が見つかった。来月、再入院してポリペクトミーを受ける予定だが、外科医の父に動揺は無い。

失われた砂浜のことを尋ねると、父がまだ子供だった頃の、夏の思い出を話してくれた。その砂浜から隣町の浜まで遠泳するのが、壱岐の男の、いわば元服の儀式とみなされていた。十二の歳を迎えた男の子は誰でもその儀式を乗り越えなければならなかった。それが出来て初めて一人前の男として認められる。

砂浜から入水した挑戦者の横を伝馬船が併走した。いざという時にいつでも助けに行けるように、ふんどしを締めた上級生が二人か三人乗っていた。

沖ん方に行ったら、波のうねりん強うなった。いっきょい疲れちょったばって、それでんどうにか泳ぎ続けち。

「頑張れ、もうちぃっとぞう」

伝馬船から声ん聞こえちょった。

太陽が肩ば焦がしよった。飛魚がからかうごと、耳ん横ば飛んち行った。前ん山の緑が、陽炎ん中で揺らめいちょった。

ちぃっとずつ、向こう岸ん近づいちきた。

月夜の綱引き

うちはおたくのおばあちゃんの、尚美さんと同い年です。生まれは小牧の西触ちゅうとこ。ばって尚美さんよりかは、お姉さんの真知子さんの方がよう知っとると。うちん姉しゃんの、ヨネちいうとのおるとですたい。それが真知子さんと同い年で。姉しゃんはもう死んじょります。真知子さんは、べっぴんしゃんやったよ。よう覚えちょるとは盆綱んときんことやろうなあ。

みんな寄って、夏のお盆頃なったら縄をなうてねえ。そって月夜に綱引き。綱引きは夜ありよると。盆綱ちゅうてね、お盆頃。黒崎にね、綱引き場所ちゅうちあってね。大勢集まってねえ。寄せ太鼓ちゅうて、二、三日前から太鼓叩いて。遠方からも来るですたい。そしち両方にこう、別れてね。うちん母ちゃんも綱引き、面白かけん行きよったです。うちも見に行きよったよ、その晩に。

真知子さんと、うちん姉しゃんと、一緒に見物しよったっですたい。あん時は真知子さん、十五歳くらいやったでしょう。綺麗な浴衣着てねえ。男は余計張り切っちかい。威勢の良かとこば見せようち思うちょるとじゃろうねえ。黒崎に今永兄弟っちおらしち、盆綱のときは気合い入れちょったった。二人とも真知子さんの前で格好つけち、のぼせよったもんな。

上の竜介さん、あれは本物のやくざになったっちなあ。次男坊の勝治さんは、チンピラのごとなったばって、落て着きんのうして、面白かったもんねえ。うちん姉しゃんは、勝治さんのことば好いちょったですよ。姉しゃんは今永兄弟と幼馴染やっちょると。ばって兄弟二人とも、うちん姉しゃんやのうて、真知子さんに惚れちょったっち。あとになってから、姉しゃんから直接聞いたっです。

今永兄弟と真知子さんと姉しゃんと、なんでかうちも一緒に、何回か遊んだっですよ。夏は海に遊びに行きましたねえ。夕方、浜に行っちね。潮ん引いちょるときに、勝治さんがたいまつ持っち。タケに油入れち、火つけて。暗うなってから、たいまつ持っち海岸ば歩きよったら、後からついてくるとですたい。タコの。ついてきよらしたよ。そのタコばみんなで拾うて。晩御飯にしようち言うち。真知子さんがタコに触ろうとしたら「俺が獲っちくるる」ち言うて、竜介さんが獲りよった。あれも格好つけちょるとたいねえ。ばって真知子さん「私もタコぐらい触れるとよ」ち言いよらしたよ。あれはお嬢さんやったばって、そういうとこあったですもんねえ。

海に行くとき、お弁当は、うちん姉しゃんがおにぎり作っちくれよった。モウソウダケの皮の、乾燥したとに包んで。その時分な麦やったですねえ。それから芋の多かったけんね、昔は。芋ご飯とか。冬は粟餅。うちんとこは田んぼの無いけんね。海岸べただから、田んぼとか山とかが無い。餅でも、粟餅。コメじゃ無いと。粟餅、硬うなると。それば水につけて、水餅、言うちからね。そえんとは真知子さんのごたる良か家ん人は食べなっさらんめえち思うたばってん「美味しい」ちゅうち食べてくれよらしたけん、嬉しかったいなあ。「そえんとこが良か」ち、竜介さんが言いよったもん。

今思うたら、懐かしかです。

弟の勝治さんなあ、根は良い人やったばってん、やくざ崩れちゅうか、そえんなったもんねえ。本当のやくざやないとよ。自称、やくざ。勝治さん、左手の小指、無かった。我がで切っちょるとたい。やくざんごと見するために。

刺青も入れたばって、筋彫りだけで。痛かったけん、そしち金もなかったけんち言うち、途中でやめちょると。背中の刺青は半分だけ。トラも怖い顔しとったっちゃ、前足二本だけやったら、よう歩かれんばな。あれは悪ぶっちょったばって、なんか可笑しくて、みんな笑いよったよ。姉しゃんが言うには、真知子さんの気ば引こうち思うて悪ぶっとるとじゃと。そえんことしてもどうもされんとにねえっち。勝治さんは最後、行方くらましたもんね。馬鹿たれやけん、本土の者にそそのかされち、高利貸んようなこと始めちょると。いっぱい人に貸しち。そしち結局、誰からも回収しきらんで、やくざから追いかけまわされち。自分で集めきらんでなあ。そえでもう、壱岐島から逃げち。どっかに。あれかり、どこ行かしたかわからんもんねえ。

兄の竜介さんの方は、おたくのひいおじいさんの靖太郎さん、真知子さんのお父さんたいね、その靖太郎さんから「真知子にはもう近寄んな」ちゅうち言われたらしか。うちん姉しゃんがそえん言いよった。竜介さんは早うに島を出て、本土で本物のやくざになりなさったもんな。ときどき島に帰って来らしたときには、上等なスーツと良か時計しちょらした。弟の勝治さんとは違って、竜介さんは骨んある人やっちょるけんね。やくざちゅうても下っぱやのうて、結構身分は高かったごたる。その竜介さんが、抗争事件かなんか知らんばって、誰かを殺して、逃げちょらすと。新聞にも載っちょったよ。それをその、相手の組のやくざが探しに来よらした。実家があるけんでしょうねえ。竜介さんは島にはおらんとばって、しばらくは恐ろしか人たちがよう来よらしたもんねえ。そしたら竜介さん、どうも四国に渡っちょらしたっち。そこで相手方んやくざに見つけられて、殺されちょらすと。

今永兄弟の三男は真面目に農家ばしょらして、竜介さんの葬式ば壱岐でするかどうか、組の人に訊かれたっちたい。「いや、とんでもないです」っち言うて、葬儀は本土で。他の親兄弟は行かれんで、三男さんだけで行ったらしい、向こうであった葬儀に。そしたら入り口んとこ、右っ側にやくざ、左っ側に警官がズラーッと並んじょらして、そこば歩いて行ったときに、もう心臓がドコドコ鳴ったたっち。兄貴の葬儀とはいえ、胃が口から出ようごたったたっちばな。そしち「墓はどうしますか」っち言われたっちたい。「もう骨は、壱岐には返さないでください」ち言うたっち。三男さんは、普通の百姓やっちょるけんなあ。

真知子さんは、竜介さんや勝治さんが自分に惚れちょるとば、全然気付いちょらんやったらしか。うちん姉しゃんが、そえん言いよった。姉しゃんは百姓に嫁に行っち、うちは呉服屋に奉公に行っち、真知子さんとは会わんごつなったねえ。あの人にも色々あって。やっぱ家柄の違うちょったけんねえ。

うちが呉服屋に奉公に行ったつも、よう考えたら真知子さんの関係しちょるとたいねえ。真知子さんがいっつも綺麗な着物きちょらすとを見て、着物ば好きになったっですよ。そしち今でもあるばってか、郷ノ浦の呉服屋に奉公に行った。長田呉服店。みんな店のことば「およりまっせ」っち呼びよらした。本当は長田呉服店ばってん「およりまっせに帯買いに行くで」とか言うち。なしかっちゅうたら、店の前の道ば、人ん通るやろが。それを「およりまっせ、およりまっせ」っち呼ぶわけ。そうねえ、普段の、綿の着物は四円ぐらいやったな。戦争始まったらモンペやったねえ。

住み込みでした。月給が四円。それとは別にお正月に一反、お盆に一反、反物貰うた。昔は一尺二尺て、測って売りよった。忙しかったですね。戦争なったらな、要塞司令部のありましたからね。盈科小学校の前あたり。そこの司令部に、誰でもは入れんわけでしょ。軍属じゃないけん。司令部には、用事は全部、このくらいの焼き版押しちなあ。それ持って行かな要塞司令部には入られんと。サラシとか、色々な品物のねえ。陸軍官舎とかあるでしょ、そこに「品物入りましたよ」ち言うてね。「新しかと入りましたよ」言うち。反物四、五本持って行って。官舎の奥さんたちが、里に帰ったけんち、お土産くれらすとん嬉しかったですねえ。こっちは田舎やけん、洋服やら、なんかこう、ちょっとハイカラのを。

呉服屋に十五年くらいですか。そしち結婚。結婚の世話しちくるう人んおって。世話しちくるう人が「あんたが心配やけん」っち紹介するとは良かばってん「親戚に良いとんおるけん」ち言うとは、でけんねえ。旦那ね、これが、当たりの悪かったっですたい。知らんやったら、一人息子やった。一人息子のお宝やけん、姑も舅もやかましゅうて大変。旦那は百姓で、土建の仕事とかもして、七十八歳で亡くなりました。飲み過ぎですたい。焼酎。脳溢血ちゅうとですかねえ。

ありゃ。うちの話ばっかりしちしもうて。ばって確かに、おたくの言う通り、真知子さんの若い頃ば知っちょるち言うたら、もう、うちぐらいしかおらんかん知れんねえ。ちょっと前やったら、樽屋の成さんやら、飴屋の茂さんやらおったっけどなあ。みんなお迎えん来らしたもんな。真知子さんは本当に、可愛らしかったとよ。盆綱ん夜さる、よう覚えちょる。綺麗な浴衣ば着てねえ。お盆に。ずっと昔からありよったもんね、盆綱。ばって戦時中でやめになって、今はやりよらんもんなあ。

膝

入学式の朝、玄関を出るときから姉の手を離せなかった。自分の教室に入れずに、姉の教室について行った。よく許されたものだと思うが、そういう時代だったのだろうか。それとも、のどかな離島であったからか。姉の担任は私のために低めの椅子を用意してくれた。私は色の白い、腺病質の、笑わない女の子だった。

二年生になってどうにか自分の教室に入れるようになったものの、同級生に話しかけられても言葉を返すことができなかった。私を居ないものとするのが暗黙のルールとなった。やがて私は何者でも無くなった。

私は自分の家にも馴染めなかった。家は「本家」と呼ばれていた。元は祖父母の家だったが、祖父が死んで、私たち一家五人が住むようになった。本家は四方を森に囲まれていて、風の強い日は葉音が何かの唸り声のように聞こえた。闇夜には得体の知れない魑魅魍魎の姿が、其処彼処に見え隠れした。

姉の上にもう一人、年の離れた兄がいた。兄は学校から帰るとすぐに自分の部屋に閉じこもった。八つ下の私をあやすでもなく、顔を合わせてもにこりともしない。私は私で口をきかないものだから、ともすれば赤の他人同士であるかのような、妙によそよそしい接し方をしていた。兄は父によく似ていた。父は役所の助役で、いつも帰りが遅かった。夜の階段ですれ違う父の顔は、何かの仮面を連想させた。家の中には仮面をつけている人間が三人いた。父と兄、そして私だった。

蒸し暑い夏の夜。どうしても寝付けずに、麦茶を飲もうと台所に向かった。廊下の途中で何とは無しに居間の方に目をやると、奥の縁側で兄が本を読んでいる。そこに浴衣姿の父が現れた。

父は兄を見下ろして言った。

「源蔵、お前は役に立たない本ばかり読んでいる」

兄は顔を上げて父を見た。何も言わずに立ち上がって、居間を横切って階段の方に歩いて行った。父はそれ以上のことを言う気は無いらしく、縁側に立って夜の庭を眺めている。兄は廊下にいる私を見た。立ち止まって二、三秒目をあわせた後、無言で二階に登って行った。

兄は高校を卒業すると同時に島を出た。大学受験に失敗して、福岡で浪人生活を始めたのだった。その割に沈んでいる様子は微塵もなかった。時々帰郷してきた兄は、涼しい顔で本を読んでいた。

毎年、年度の初めに体力測定があった。五年生の春も例年通り、人並みに上体反らしをして、人並みに立位体前屈をした。五十メートル走は二人ずつで。自分の順番が来て、先生の掛け声でスタートを切った。

空気が耳たぶをかすめて、ゴーッと音を立てていた。ゴールラインを駆け抜けて、そのまましばらく惰性で走った。走りを緩めて後ろを振り返ると、一緒に走っていた同級生がようやく走り終えたところだった。記録係の子がストップウォッチを掲げて何か叫んでいる。その子の周りで、どよめきと歓声が沸き起こっていた。

何が起きたのか、自分でも理解できずにいた。少し背が伸びたのが関係していたのだろうか。私は自分の足を見下ろした。同級生に比べて、多少は長いのかもしれなかった。他の人の足には大なり小なり湾曲があった。私の足は真っ直ぐ、一直線に伸びていた。

体力測定以来、私の足の速さが評判になっていた。登下校の途中に近所の人から「今年んリレーは頼りにしちょるよ」と声を掛けられることもあった。秋に行われる小学校の運動会は実質、地区対抗の運動会で、プログラムの半分を大人の競技が占めている。

噂は家族にも伝わった。姉は首を傾げていた。

「私も兄ちゃんも、そえん速うないとにねえ」

母も足は遅かったという。父がどうだったかはわからない。父は毎年の運動会に顔を出さなかった。そんな大人は父以外にいなかった。

私は地区対抗リレーのメンバーに選ばれた。小学生の学年代表六人と、大人の各世代の代表四人、合わせて十人でバトンを繋ぐ。夏休みの間に何度か、バトンの受け渡しの練習があった。手のひらにのせられるバトンの感触が心地よかった。プラスチックの赤いバトンで、それを握っていると、より速く走れるような気がした。

その年、父が初めて運動会を見に来てくれた。父は母の横に座ってうちわを扇いでいた。

私は三位でバトンを受け取って、二人抜いて六年生にバトンを渡した。残りの走者がトップを守って、私の地区が一等をとった。

その晩の食卓で珍しく父に褒められた。

「すごいじゃないか絵里香」

父は冷酒を口にしながら言った。

「誇らしかったよ」

以来、教室に緊張を感じなくなった。有り体に言って自信をつけたということなのだろう。ずっと閉じられていた唇がそう簡単に歯を覗かせることはなかったが、頬の筋肉は解きほぐされて、不器用な笑顔を作りさえした。

翌年の六年生のときにもリレーのメンバーに選ばれた。夏休みには学校の運動場でバトンパスの練習をした。

夏が終わる少し前に、父が突然、この世を去った。

死因は脳溢血だった。葬儀で皆に「しっかりね」と声をかけられた。

私は運動会でしっかり走った。走っている間、皆が手を叩いて応援してくれた。健気に頑張っているように見えたのだろう。あのとき自分がどう感じていたのかはよく覚えていない。実際、健気に頑張っていたのかもしれない。

中学校の入学式が終わるや否や、女子陸上部の先輩が勧誘に来た。私は促されるままに入部届に署名した。顧問は体育の山田先生。角刈りで、ワイシャツの裾をジャージのズボンにきっちり入れていた。

部活で初めてスターティングブロックに触れた。山田先生は正直にも、クラウチングスタートの指導は出来ない、と言った。先生が現役の頃はまだ無かったらしい。よくわからないから自分たちで考えて工夫しなさい、と。

スタートは二年生の川添先輩が一番うまかった。先輩のスタートダッシュは神々しいほど美しかった。一度空を蹴ってブロックに足をのせ、肘を伸ばして首をもたげる。それから腰を高くあげて、弾けるように飛び出していく。私は川添先輩のスタートダッシュの真似をした。腕の振り上げ方も、上体を起こすタイミングも、なるべく先輩と同じにした。先輩は位置につく前に、腕のストレッチをしながら両の足首を交互に回す。その癖まで真似をして、挙げ句の果てに先輩と同じスパイクを買った。

夏休みに、島内の全中学校が参加する陸上競技大会が催された。今では四校に統廃合されてしまったが、当時は島内に十一校もあった。大会当日の朝、山田先生がハチマキを配った。黒地に黄色の刺繍で「箱崎中」と記されている。

「本番たあな」

と先生が言った。

当時はまだ中学陸上の全国大会がなかったから、夏の競技大会が実際、私たちの「本番」だった。個人種目では女子百メートル走で決勝に残った。川添先輩が隣のレーンにいた。私たちは同じ姿勢で位置について、同じフォームでスプリントした。川添先輩が一等で、私が二等だった。

私は四百メートルリレーにも出場した。第二走者の川添先輩が、他を大きく引き離して一位でリレーゾーンに入ってきた。三走の私は慎重にバトンを受け取って、抜かれることなくアンカーに繋いだ。

翌日の島の日報に競技大会の記事が載っていた。一面に、写真付きで。男子も成績が良かったから、見出しには「箱中完勝」と書いてあった。居間に寝転がって紙面中央の写真を眺めた。女子のリレーメンバー四人が写っている。川添先輩の横で、私が口を開けて笑っていた。白黒写真で、白い歯が余計に目立っていた。私は今や、真っ黒に日焼けした、健康的な運動部の女の子だった。身を起こして畳に両足を投げ出した。褐色の腿と脛。何だか不思議な感じがした。

翌年の競技大会でも箱崎中が圧勝した。個人の百で、ついに一等をとった。川添先輩は二位。それでも先輩は「おめでとう」と言ってくれた。リレーではアンカーを任された。川添先輩は二走のまま。山田先生はエースを二走に置く。私がゴールテープを切って、箱中女子は二年連続でリレーを制した。

川添先輩は卒業式のあと、耳元で「商高で待っとうけんね」と言った。


中三の夏、競技大会の前日に兄が帰省してきた。兄は浪人の末に福岡の私立大学に入っていた。経済学部の学生で、変なパーマをかけていた。「福岡はやっぱ街で良かよ」とか「俺は駆けっこで一等をとったことが無い」などと、訊いてもいないのに話しかけてくる。私からは上手く話せなかった。おそらく前とは違った意味で、ぎこちない接し方をしていた。私は思春期で、兄は肉親とはいえ、年上の男の人だった。

百メートル走の決勝の前に一度ハチマキを外した。ハチマキに刺繍された「箱崎中」の三文字を眺め、それからしっかり結び直した。

スターティングブロックを調整し、何度か感触を確かめた。ゴールの近くに母と兄、それに事務員の制服を着た姉の姿が見える。姉は春に高校を卒業し、島の建設会社で経理の仕事を始めていた。わざわざ仕事を抜け出して見にきてくれたようだった。その横で母に話しかけている兄を見て、私は突然、理解した。兄が変わったのは、島を出たからでも、大学に受かったからでもない。父を失った母のために、兄は自分を変えたのだ。

……どうして今、そんなことに気づいたりしているのだろう。

私は自分の頬をはたいた。腕をストレッチして、両の足首を交互に回した。

「位置についてぇ」

第四レーンのスタート位置に向かった。

第三レーンには準決勝の別の組で一等だった武生水中の松石千恵子がいる。第五レーンは中永順子、勝本中の三年生で、同じく準決勝で良い走りをしていた。

百メートル先のゴールラインを見ているうちに、一切の音が聞こえなくなった。周囲の光景がスローモーションのようにゆっくりと動いて見える。私はスタートラインに手をついた。一度空を蹴って、それから足をブロックにのせた。肘を伸ばして首をもたげる。

「用意」

スターターの声はむしろ、異様なくらいにはっきり聞こえた。

私は腰を高くあげて動きを止めた。

ピストルの号砲が鼓膜に届く。瞬時に全身の筋肉が反応し、体が前に弾き出された。上体を起こし、スプリントに移行する。背中に追い風を感じる。それも突風みたいな強い風だ。残り二十メートルになっても推進力が衰えない。残り十メートルでも失速しない。私の前には誰もいなかった。

いつのまにかゴールラインを通過していた。オーバーランして徐々にスピードを緩め、ゆっくり歩きながら振り返る。一等だった。タイムも自己ベストで、大会記録を塗り替えた。

二位は勝本中の中永順子で、三位が武生水中の松石千恵子だった。私は自分の足を見下ろした。二本の足が別の生き物のように感じられた。リレーの決勝でも、両足は不思議なくらいによく動いた。第三走者から四位でバトンを受けとったあと、三人抜いて一着でゴールした。

表彰式が終わって帰り支度をしていたら、松石千恵子と中永順子が二人揃って近づいて来た。初めて言葉を交わすのに、中永順子は前から知っている友達のような口ぶりで「速かったねえ」と言った。彼女に来年の進路を訊かれた。島には普通科の高校と商業高校の二校がある。まだはっきりとは決めていなかったが、とっさに「商高に行く」と答えてしまった。すると彼女は「じゃあ私も商高にする」と言った。呆気にとられて黙っていると、横にいた松石千恵子まで「私も」と言い出した。

翌日の日報に競技大会の記事が載っていた。見出しは「箱中黄金時代」。女子リレーが三年連続で優勝したこと、私が大会記録を更新したことが大きくとりあげられていた。考えてみれば確かにこの頃が、私の黄金時代だったのかもしれない。

二月に姉が結婚した。相手は姉の幼馴染で、北九州の会社で働いていた。家には母と私の二人きりになった。床板が前より冷たくなって、部屋が若干暗くなった気がした。

それでも私には陸上があった。商業高校に入学したその日に、職員室に入部届を出しに行った。顧問の神保先生は本土での指導経験があるらしかった。三十歳くらいの若い先生で、上下水色のジャージを着ていた。

「三人が商高って聞いて、えらい嬉しかったよ」

私の横には松石千恵子と中永順子が立っていた。中永順子は私のことを「絵里ちゃん」と呼んだ。それで私も「順ちゃん」と呼ぶことにした。自然、松石千恵子は「千恵ちゃん」になった。

二、三週間一緒に練習していたら、何となく地力のようなものが見えてくる。川添先輩がエースで、三年の相田先輩が準エース。他の先輩よりは多分、私たち三人の方が速い。

六月下旬の週末に行われる県大会がまずは最初の大きな公式戦だった。県大会で上位につけると九州大会に出場できる。そこで勝ち上がれば全国大会が待っている。高校陸上は戦後間もない頃から全国大会が催されていた。どの競技でも、部活動というのはなるべく上の舞台に立つことを目的にして行われているらしかった。私は高校に入って初めてそういう仕組みを知った。

商業高校は島の反対側にあって、私の家からだとバスで通学する必要があった。家から学校まで、片道二時間。それだと陸上部の練習に影響が出てしまう。どうしたものかと思っていたら、いとこの鉄郎君が車で送迎してくれることになった。同い年の鉄郎君は普通科の高校一年生で、なんと車で通学していた。車で通学している高校生なんて鉄郎君の他に一人もいなかった。そもそも車を持っている高校生自体、彼以外にいなかったのではないか。

「おふくろに買ってもらった」

と鉄郎君は悪びれもせずに言った。

ひと気のない田舎道を、車は砂埃をあげて疾走した。

「帰りんことやけど、練習が終わるまで待っちょってもらうとは悪かねぇ」

鉄郎君はハンドルを切りながら首を横に振った。

「いや、よか口実になるよ。おかげで郷ノ浦で遊んで帰れるけん」

そのときは気を使って言ってくれているのかと思っていたが、鉄郎君は実際、郷ノ浦の町で遊び呆けて、その帰りに私を拾った。郷ノ浦は島で一番栄えていて、当時は今よりもずっと賑わっていた。

五月の末に神保先生が四百メートルリレーのメンバーを発表した。一年生は誰も入っていなかった。二、三年で私たちより速いのは川添先輩と相田先輩だけなのに。その日に試合用のユニフォームが配られた。白のランニングシャツに黒いランニングパンツ。横に白い線が入っている。オリンピック選手みたいで嬉しかった。県大会は長崎市内の陸上競技場で開催された。個人種目もリレーも、散々な結果に終わった。私は井の中の蛙だった。世の中には私より速い人がごまんといた。


その頃の母は兄に会うために足繁く福岡に通っていた。兄に依存し過ぎているような気がして心配になったが、私は自分のことで手一杯だった。ちゃんと練習を重ねているのに、中三のときに出した自己ベストを超えられない。もがいているうちに一年が過ぎて、伸び悩んだまま翌年の県大会を迎えることになった。

個人種目は駄目だったものの、この年は私も順ちゃんも千恵ちゃんも、三人揃って四百メートルリレーのメンバーに選ばれていた。第一走が順ちゃん、第二走が私、三走が千恵ちゃんでアンカーが川添先輩だった。このチームは速かった。危なげなく予選を勝ち上がって、決勝では先輩が最後に捲って九州大会出場圏内の三位に入った。

九州大会の会場は福岡の平和台陸上競技場で、観覧席が広くて、それこそ東京オリンピックみたいで胸が踊った。母と兄が見にきてくれた。兄はその年の春に大学を卒業して、福岡の会社に就職していた。その日は小雨が降っていてトラックの状態が優れなかったが、四人で奮起して準決勝に挑み、四着で辛くも決勝に駒を進めた。

四百メートルリレーの決勝レース。八チーム中、六位に入れば全国大会への切符を手に入れられる。決勝のスタート前はさすがに緊張した。肩の力がなかなか抜けず、その場で何度もジャンプした。

「位置について」

私たちは第二レーンだった。順ちゃんがスターティングブロックに足を掛けている。拍動を耳元で感じた。気づけばいつの間にか、周囲の音が聞こえなくなっていた。

「用意」

スターターがピストルを空に向ける。

ついに本番。号砲が鳴る。順ちゃんがスタートを切った。コーナーを抜けて、順ちゃんが接近してくる。私は右腕を後ろに伸ばして助走を始める。手のひらにバトンがのった。バトンを握って前傾姿勢のまま加速した。上体を起こしたとき、視界の右前方に六人の背中が見えた。瞬間、あの追い風を感じる。体が前に押し出される。二人抜いた。千恵ちゃんの背中が見えた。千恵ちゃんの右腕。バトンを渡す。その背中に向かって私は何かを必死に叫ぶ。

千恵ちゃんは巧みにコーナーを抜けていった。川添先輩が走り出す。バトンを繋ぐ。わずかにタイミングがずれた。先輩のスタートダッシュが一瞬遅れた。二人に抜かれる。追いつけない。七位でゴール……。

全国に届かなかった。全身の力が抜けて、思わずその場にしゃがみこんだ。

あと少しだったのに。どうにか立ち上がって顔を上げたとき、周囲の様子がおかしいことに気がついた。審判員が事務局のテントの前に集まって、何かを協議しているようだった。皆が固唾を飲んで見守っている。しばらくして拡声器を手にした審判員が朝礼台の上に立った。

「第六レーンの大分本陵高校に違反行為がありました。第三走者から第四走者にバトンを渡す際、両者がリレーゾーンを大幅に超えていました。よって本陵高校を失格とします。四着以下の着順が繰り上がりまして……」

私はすでに駆け出していた。ゴール付近で口を押さえている川添先輩のところへ。順ちゃんも千恵ちゃんも駆け寄ってきた。「全国よ」泣きじゃくる三人の顔が、涙で滲んで、歪んで見えた。

その年の全国大会は八月の第一週に広島で催されることになっていた。「いざ広島」と日報が派手に書き立てていた。島中が大騒ぎになって、鯛やら米やら、大量に差し入れが届いた。全国大会までの三週間、神保先生はオーバーワークを恐れていつもより軽めのメニューを組んでいた。負荷が足りないような気がしてもどかしかったが、気持ちを抑えて練習を続けた。

大会の十日前。練習中のグラウンドに、何故か鉄郎君が現れた。鉄郎君が神保先生に何かを耳打ちして、それから先生が私を呼んだ。

「着替えて家に戻りなさい」

先生はただそれだけを言った。

鉄郎君はいつになく神妙な顔をしている。


車は校門を出てすぐのところに停めてあった。

助手席に乗ると、鉄郎君は
「じゃあ行くか」

と言って車を出した。それっきり何も言わずに、ただ前を向いて運転していた。

「なんかあったと?」

「源蔵君が……」

「兄ちゃんが何?」

鉄郎君は道の途中で車を止めた。

「バイクで事故を起こしたらしか」

血の気が引いた。

「怪我は?」

鉄郎君は私の問いを無視してアクセルを踏んだ。それから家に着くまで、何を訊いても答えてくれなかった。珍しく叔父と叔母が家に来ていた。母が泣いて、取り乱している。

兄は福岡のとある交差点で、バイクの事故で、命を落としていた。

全国大会が目前に迫っていたが、さすがに走る気にはなれなかった。神保先生に欠場すると伝えた。先生は頷いて「気をしっかり」と言った。私の代わりに後輩が走ることになるらしかった。

全国大会の四日前に、リレーのメンバーが連れ立って会いにきてくれた。

千恵ちゃんは泣いていた。

「絵里ちゃん、走ろうよ」

と順ちゃんが言った。

「ごめん」

と私は答えた。

「ごめんなさい」

それしか言えなかった。

川添先輩は私の肩を抱いて「しっかりね」と言った。私は頷きながら、内心、無理だと思っていた。しっかりなんか、できやしない。

しばらくは姉が家にいてくれたが、やがて北九州に帰って行った。母は腑抜けになっていた。私は母が狂ってしまうのではないかと本気で恐れた。母がそんな調子だったから、私が家事をこなすしかなかった。掃除や洗濯がとてつもない重労働のように感じられた。全国大会のあと、残念ながら一回戦で敗退したと、川添先輩が伝えにきてくれた。

二学期からは鉄郎君の送迎を断ってバスで通学した。部活は辞めた。練習からしばらく離れていたら、走ることの意味がわからなくなってしまった。ある地点から走り出して、ある地点で走り終わる。かかった時間を競い合う。そんなことのために、毎日、歯を食いしばって。自分を追い込んで。真っ黒に日焼けして……。

その後の高校生活については、あまり記憶に残っていない。


高校を卒業した後は集団就職で大阪の服飾メーカーの経理部に職を得た。あの陰鬱な家にいたら人生がだめになってしまう気がして、島を出ることにしたのだった。大阪では気楽に過ごすことができたが、ただそれだけだった。一年働いて、もういいかなと思った。島に戻って何か仕事を見つけよう、と。家に帰ると、母は未だに立ち直れずにいた。肌身離さずブリキの車を持ち歩いている。兄が子供の頃に宝物にしていた、おもちゃの青い車だった。それを見ていると悲しくなったし、何だか少し怖くなった。

結局、島では良い仕事が見つからず、福岡に働きに出なければならなくなった。最初は福岡空港の電話交換手をした。飛び立って行く飛行機を日々目にしながら、飛行機に乗ってどこかに行きたいとは一度も思わなかった。二年勤めて何となく辞めた。そのあと福岡市内の会社に就職して、そこで四十年、経理の仕事を続けた。色恋沙汰も何度かあったが、結局、私は独り身で居る。

母は七年前にこの世を去った。生前の母は私を必要としていなかった。母に必要なのは兄だった。死に別れた息子のことを、母はずっと想い続けていた。別に母を恨んでいるわけでも、死んだ兄に嫉妬しているわけでもない。事実、そうだったというだけの話だ。

この春に定年を迎えた。今さら島に戻ろうとは思わない。退職後の一ヶ月、何もせずに家でゴロゴロしていたら、どういうわけか両膝が痛み始めた。痛みは段々強くなり、しまいには歩くのもままならなくなった。整形外科に行ったら変形性膝関節症だと言われた。診察が終わって家に帰り、ダイニングの椅子に座って自分の足を見下ろした。もう走れないかもしれない、そう思ったら何だか急に寂しくなった。高二で部活を辞めて以来、運動なんかほとんどしないで生きてきたのに。幸い病院に通っているうちに、膝は随分良くなった。

先日、地域の老人会に誘われた。六十五歳は老人なのだ。茶話会と言われて参加したのに、行ってみたら「定例会議」で、ホワイトボードまで用意してあった。その日の議題は運動会について。近々、老人会対抗の運動会があるという。年に一度の恒例行事で、案外、真剣勝負が繰り広げられるらしい。リレーメンバーの押し付け合いが始まった。「あんたは若いんだから、絶対走ってよ」と言われた。膝が気になったが、無理しなければ大丈夫だろう。

「第二走者がいいです」

と私は主張した。

「いや、若い人はアンカーよ」

「私は二走でお願いします」

妙な顔をされたが、私は譲らなかった。

あの夏から、もう五十年になる。

月世界

源蔵さんの五十回忌は本村触の高源寺で営まれた。法要の後、車何台かに分乗して平山旅館に向かった。親族以外ではただ一人、故友の國村氏が参列されていた。氏は源蔵さんと同じ三軒茶屋の出身で、若い頃に壱岐島を出て福岡で教職に就き、定年後も壱岐には戻らず彼の地に根を下ろしているとのことだった。会食のとき、國村氏と私は向かい合わせに座っていた。氏は年齢の割に背筋がシャンとのびていて、健康的で若々しく見えた。清潔感があって、スーツにもシャツにも皺一つ無かった。

お斎とはいえ、膳の上には鯛の刺身やら海老の天ぷらやら、豪勢な料理が並んでいた。妹の芳子さんが源蔵さんの写真を収めたアルバムを持参していて、皆で回覧しながら思い出話に花を咲かせていた。アルバムの最初のページには小学校の卒業式と思しき写真が貼り付けてある。そのあとのページには学生服姿の源蔵さんが玄関の前で直立している写真や、アイビールックでギターを構えてポーズをとっている写真など、三、四十枚が時系列に沿って並べられていた。叔母がアルバムをめくって「笑った写真が少ないわね」と言った。私は國村氏に「源蔵さんはあまり笑わない人だったのですか？」と尋ねた。氏は引きつったような顔をして「さあ、どうでしたか」と曖昧な返事をした。

アルバムの最後の写真は、源蔵さんの葬儀のときに撮られた集合写真だった。葬儀で集合写真だなんて、昔は普通に撮っていたのだろうか？　無論、そこに源蔵さんの姿は無い。私がその写真を眺めていると、叔父が横から覗き込んで「この女の人は誰やったかな？」と、写真の中の若い女を指差した。女は後列の右端に立っていて、一人だけカメラから視線を外している。

アルバムが親族の手を一巡した。皆が「誰だろう？」と首を傾げている。結局誰かはわからないまま、一周回って私の手元に戻って来た。この写真が撮られたとき、私はまだ生まれていない。だから私には、その女に限らず写真の中のほとんどの人物が誰であるのか判別できなかった。國村氏に写真を見せて「ご存知ないですか？」と訊いてみた。氏は写真を見つめて「いや、解らないです」と答えた。私には國村氏が嘘を言っているように思えた。帰り際に名刺を渡し、島や家筋の来由について調べている旨を伝えた。

＊

二ヶ月後、國村氏から封書が届いた。封筒の中には便箋が五枚、重ねて折り畳まれていた。

拝啓　清秋の候、いかがお過ごしでしょうか。

先日は源蔵君の五十回忌にお招き頂きまして、誠にありがとうございました。会食の席では源蔵君の生前の写真まで拝見させて頂いて、当時の日々を懐かしく思い返すことが出来ました。五十年の歳月が一瞬にして巻き戻ったかのように感じられました。

正直に申しますと、この手紙を書くべきかどうか随分迷いました。しかしあれから半世紀が経過しているわけですし、いま私の知っていることをお話したところで、誰が傷つくわけでも無かろうとの思いに至りました。むしろ書くことで私自身の心が安らぐような気も致しました。ただ、昔のことを書くとなればこれ即ち私自身の色恋沙汰を開陳することになるわけで、それが何とも気恥ずかしくて、しばらく決めかねていたのです。

いやはや、前置きが長くなってしまいましたね。

会食のとき、貴殿は二つのことをお尋ねになりました。一つは、源蔵君は笑わない人物であったのか、ということ。もう一つは、葬儀のときの集合写真に写っていた女性についてです。私はいずれも知らない、解らないと答えました。ですが御察しの通り、本当はある程度のところまで答えることができます。

小学生の頃、源蔵君と私は近所の子供たちと一緒に野山を駆け回ったり、川に飛び込んだりして毎日暗くなるまで遊んでいました。そうしながら源蔵君が芯からは笑っていないことに、早くから気づいていたと思います。ただしそれを口にはしませんでした。私はそういうことを言葉に出来るような気の利いた子供ではありませんでした。

源蔵君の翳りについて言えば、おそらくは彼の両親が原因ではなかったかと思います。というより後年、源蔵君自身が私にそう言ったのです。そのとき源蔵君は泥酔していましたから、そんな話をしたことを、翌日には忘れていたかも知れません。彼の両親は、表面的には取り立てて仲が悪いわけではなかったのですが、何となく距離のある、温かみのない間柄だったようです。それで源蔵君は、いつも心のどこかにうっすらとした不安を抱えていました。

両親の心の断絶は、貴殿のご祖父様とご祖母様に対する劣等感によって引き起こされたものだと源蔵君は考えていました。ご存知の通り、本家である源蔵君の父、定吉さんは役場の助役でした。定吉さんの義弟、つまり貴殿のご祖父様の弘樹さんは分家にあたりますが、先代の医業を継いだのは弘樹さんの方でした。定吉さん夫婦は分家に家督を奪われたような気持ちでいたのだと思います。それが夫婦の間にねじれや距離を生んでいました。源蔵君は両親の抱えていた葛藤を自分の中に取り込んでいたのです。

現代社会では考えられないことかもしれませんが、昔は家督なるものが途轍もなく大きな意味合いを持っていました。家督が人の一生を大きく狂わせたり、抑圧したりすることも珍しくはありませんでした。家は窮屈で、不自由極まりなかった。そういう息苦しさを、世間の人は忘れてしまったのでしょうか。最近は皆が昔を美化し過ぎているように思えてなりません。昔というのはそんなに上等なものではありませんでした。私には今の方が、余程真っ当な世の中であるように思えます。

源蔵君は中学に入った頃から内向的になって、一人で本を読んでいることが多くなりました。そんな彼が高校卒業と同時に壱岐島を出て福岡の予備校に通い始めたのは、貴殿のお父様に影響を受けてのことだったと思います。お父様と源蔵君は歳の近い従兄弟同士でした。互いの親が疎遠であっても、二人の間にわだかまりは無いように見えました。少なくともお父様の方は頓着なさいませんでした。源蔵君の心の内に全く何も無かったかといえば、それはどうか解りませんが。

貴殿のお父様は浪人生ながら中洲のキャバレーでバンドマンをしておられたのですよ。当時はキャバレーの全盛期で、中洲界隈に何軒ものキャバレーがありました。西中洲のキャバレー「月世界」で、お父様はサックスを吹いておられました。その頃はジャズが大流行していて、どのキャバレーでもグレン・ミラーやデューク・エリントンをビッグバンドで演奏していました。お父様が何年も浪人生活を続ける羽目になったのは、キャバレーでの仕事が忙しかったからに違いありません。

源蔵君はお父様の紹介で月世界の丁稚のような仕事を始めました。ジャズギターの練習を始めたのもその頃です。彼は夜の住人の仲間入りをしました。不真面目な予備校生だったのかもしれません。でも月世界での源蔵君は前よりもずっと生き生きしているように見えました。

浪人の末に、彼は福岡大学に入学しました。その年に父親の定吉さんが脳溢血で急逝しました。その頃の源蔵君とは割と頻繁に会っていたのですが（私は九州大学で数学を学んでいました）、父親をなくした彼は生気を失ってしまいました。時々下宿を訪ねてくる母親の前では無理をして朗らかに振舞っていましたが、それ以外のときは魂が抜けたような顔をしていました。

彼はそれでも中洲を離れませんでした。ギターの練習は続けていたものの、バンドマンとして通用するほどには腕が上がらず、相変わらず月世界の丁稚として夜の街を彷徨っていました。月世界のホステスとねんごろになって、やがてヒモの様な暮らしを始めました。ホステスの名は野見山冴子と言います。月世界では「リリィ」という源氏名を使っていました。葬儀の写真に写っていたのは、彼女に間違いありません。

バイクの事故でこの世を去るその日まで、源蔵君と彼女の関係は続いていました。私も時々、二人と一緒に食事をしたり、映画を観に行ったりしていました。貴殿のお父様も一緒に遊んだことがあったと思います。お父様は久留米医大に入って福岡を離れていましたから、それでよく覚えていなかったのかも知れません。源蔵君の母親の真知子さんは、薄々は彼女の存在に気づいていたようです。あまり良くは思っていなかったのでしょう。結局、源蔵君が彼女を母親に紹介することはありませんでした。

源蔵君が無事に大学を卒業して商社に勤め始めたとき、一番喜んだのは彼女だったと思います。キャバレーの仕事は続けていましたが、二人はいずれ結婚しようという話までしていました。彼女は真知子さんに疎まれていましたから、源蔵君の葬儀に顔を出すのには勇気がいったはずです。それでも参列して彼を見送りたかったのでしょう。彼のことが本当に好きだったのだと思います。

私も彼の死には衝撃を受けました。人の命というのは、なんと儚いものだろうと思いました。彼は葛藤しながらどうにか大人になって、ようやくこれからというところでした。

それが一瞬で失われてしまったのです。

私は源蔵君の友人として、残された彼女のことを慰めていました。そうしているうちに……我ながら心苦しく、恥ずかしい話ですが、男女の仲になってしまいました。私は福岡市内の公立高校で教職に就いていて、彼女は月世界でホステスを続けていました。私たちは二年近く交際しました。実を言えば私は求婚までしたのです。彼女は笑って、私の申し出をまともには受け取ってくれませんでした。

これから先はあまりにも個人的で、具体的過ぎる話かもしれません。交際を始めて二年目の夏、雲仙温泉に週末旅行に行ったときのことです。真夜中にふと目が覚めました。身を起こして窓の方を見ると、冴子が洋間の椅子に座って外を見ていました。洋間に向かうと、冴子が私を見上げました。そのときテーブルの上にビール瓶が一本と、どういうわけかグラスが二つ置いてあるのに気づきました。冴子の飲みかけのグラスの他に、縁のところまで注がれたグラスがもう一つ。

源蔵君に献杯していたのでしょう。私は何も言わず、冴子も黙ったままでした。旅行から帰ってしばらくの間は互いに何事もなかった様に振舞っていましたが、じきに私の方が耐えられなくなってしまいました。今にして思えば、なぜ彼女の気持ちを理解してあげられなかったのか、自分が不思議でなりません。私は狭量な人間でした。別れよう、と言いました。冴子は頷いて、理由を尋ねもしませんでした。キャバレー「月世界」はその数年後に閉店しました。あれから冴子がどうしているのかは知りません。私は親が用意した見合いの相手と結婚して、三人の子を授かりました。妻は二年前に肝臓癌で他界していま す。ありきたりな言い方かも知れませんが、若くして死んだ源蔵君は、私の中で生き続けていました。別の言い方をすれば、私は常に、心の何処かに死を抱えて生きてきたような気がします。

以上が、貴殿の問いに対する私の答えになろうかと思います。恥を忍んで書き連ねたこれらの過去は、私の記憶であると同時に、源蔵君と冴子の記憶でもあります。それを貴殿に知って頂くのは、きっと意味のあることだろうと思っています。というより、そうであればと願っております。

随分長くなってしまいました、お許し下さい。

どうぞお元気で。ご自愛下さいますように。

敬具

書き初め

私は台湾引き揚げなんですよ。

四人姉妹、みんな台湾で生まれて。姉は七つ上で、私の下に八つ違いの妹と、そのまた五つ下に末の妹がおっです。台湾はやっぱり先進国っていうかですね。壱岐島から見れば都会やったです。東京と壱岐っていうぐらいあったかも知れんですね。台湾の言葉は標準語ですけえ。引き揚げて来たとき、方言あるでしょ。へんぶりてろ、土間から上がる段のことをへんぶりって、そういう言葉がわからんで難儀しました。

台南におったっです。台南州の田舎で生まれて、それから台南市の街なかに。小学校は一年から六年の十二月まで台南でした。その時分に父が台北の薬の会社に来てくれんかって言われて警察をやめて、それで十二月に台北の小学校に転校しましたと。

台北は終戦前にいっきょい攻撃受けて、何日も燃えたっです。女学校の一年の時に終戦になって、引き揚げて来たわけです。昭和二十一年の三月に。ちょうど一番下の妹が船の中で一歳の誕生日を迎えました。そん妹は今、大阪におります。

父は台南で警察の薬局関係の仕事をしよりました。それで薬屋さんや何や、台湾の方あたりは良うしござったです。文旦ってあるでしょう、果物の。あげんとばくれたりですね。隣近所に配りよったですよ。

台南市の南門町に住んでました。警察の官舎があったっです。官舎は平屋で、四部屋くらい、割と広かったやなかですか。東市場ってあって、そこの近く。私は引き揚げて来ちから一遍も台湾には行ってないとです。行きたかったっですけど、ちょうど仕事や何や。その時分の友達が、福岡やら熊本やら、あちこちにおるとですよね。行く人は何遍か行っとるとですよ。姉は行ったっです。それで姉が「だいぶ変わっちょるよ」っち。私たちの住んじょった官舎はまだ残っちょったっち。姉は台湾でね、銀行に勤めよったんです。それで島に引き揚げて来ちからは、叔父の靖太郎さんが農協に入れちくれさしたっです。昔は農業会っち言いよったですよ。姉はそろばんあたりも良うしよったけんですね。

小学校は、日本人の学校と台湾人の学校とあったわけです。私は南門小学校に通ってました。官舎から学校までは歩いて二十分くらい。台南神社の近くじゃっちょっとです。夏と冬と、制服で。セーラー服みたいな。

二校あったですかね、日本人学校は。南門小学校と花園小学校。あと一校は台湾人ばっかりの学校じゃったっですよ。ばって、台湾人の中でお金持ちの子供は日本人学校に来てました。クラスに一人か二人ですね。一学年に四クラスあったっです。女二クラスと男二クラス。

同級生が隣の官舎に住んでました。佐伯さん。そん人は今、熊本におります。縄跳びとか石蹴りとか、輪ゴムば繋いでゴム跳びとかして遊びました。あとはお手玉とか。

南門小学校は書に力入れる学校じゃったっでしょうねえ。花園小学校は図画の方が力入れござった。書の先生が二人ばかしおったっです。私の先生は岡留先生。鹿児島の人やったです。こう、顎髭を生やしてね。仙人のごとありました。年に一回、展覧会のありよったっです。台湾の全部の小学校から出品して。二年生の時、一等賞貰うたです。「日の丸」っち書いてですね。

同じクラスに台湾人の子がおって、そん人が二等。「毛京華」っち言いよらした。その時分、日本人の学校来るちゅうたら改姓名をせないけんで「毛利京子」って変わらしたっです。台湾全土からの出品でうちのクラスから一等と二等出たもんじゃけん、お祝いしちもろうて。

毛利さんは可愛らしかったっです。色ん白うち、背ん高うち。みんなおかっぱやっちょるとですけど、そん子は黒髪ん長うしちですね。頭も良かったですよ。あんまり喋らっしゃらん。ばって話すときは、短く、はっきり物言いよらした。

ピアノやら何やら毎日んごと習い事しよらして、友達づきあいはしござらんかった。そって私は仲ん良かった方でしょうね。何度か家に遊びに行ったこともあったっです。お父さんがおもちゃ作りの会社をやりよって、お金持ちやったとですよ。大きい家でね。庭にちょっとした山のあると。家ん中に木で作ったおもちゃがいっぱいあって。二階に上がろうとしたら階段が、ドレミファソっち一段一段、鳴るとですよ。びっくりしました。おもちゃんごと、仕掛けしちょったっでしょうね。

前の天皇陛下、昭和天皇ですね。あの方が皇太子殿下の時に台湾を行啓しござって、私たちの学校にいらっしゃったっです。来らっしゃった時は私はおらんやったですよ。私の生まれる前、大正十二年。毎年四月二十日、皇太子殿下の来らっしゃった日を記念して学芸会がありよったです。その学芸会で、先生に言われて歌わされよったこともあったです。私と毛利さんと二人、選ばれて、講堂の舞台で。たもざわがわはぁ、みずきよしぃ、そういう歌ばですね。

正月は学校の広場で、どんど焼きちゅうとば燃やしよったです。櫓組んで、火を放ってね。そして書き初めば竹の先につけて炙るとですたい。そしたらその、火力で舞い上がるとの。舞い上がったほど、書が上手になるとっち。毛利さんと一緒に炙って。どっちのも良う上がったですよ。そえんとも楽しみやったです。それから講堂に集まって。御真影っていって、幕が上がっていくとです。陛下の御写真が見えちくる。

四年生の時、壱岐島の、谷江のおじいさんが具合の悪うなってですね。それに戦争中の昭和十七年頃じゃっちょるですけん。父がちょうど海南島に、軍属で取られて行ってましたと。それで母と姉と私と、おじいさんの見舞いに一ヶ月ばかし、壱岐島に帰って来ましたっです。一ヶ月も帰っちくることだから、壱岐の小学校に転校して。そいで未だにねえ、一ヶ月おったもんじゃけん、同窓会にも呼んでくらさっしゃる。南門小学校の同窓会もあってです。ばって福岡とか東京とかであるもんじゃけん、福岡ぐらいまでは何遍か行きましたけど、東京あたりには行けんですけん。こっちの小学校の同窓会にも行かせてもらいようとです。そいでまあ、おかげで友達もたくさんおります。

壱岐で過ごした九月から十月は、ちょうど運動会時分じゃったっですよ。それで運動会の時、お遊戯やりましたったいね。私は台南で踊りや何や、あの、ダンスですね、習ったりしとったんです。そのとき先生が「岸さんのようにせなでけんとよ」ちゅうちから言われて。私、みんなの前でお手本に踊ったりしたことがあります。その女の先生が馬場先生ちゅうちから、佐世保の方やったですか。先生の息子さんが台南工業学校におって、それで私が台南から来たっていうとで、大事にしてくださったっです。

その時分は台湾あたりはノートがあったですけど、こっちはみんな紙切れ、正用紙みたいとやらですね。鉛筆とか筆箱も持ってない人の多かった。壱岐へ来たときは食べ物が麦ご飯でしょう。台南ではお米ばっかい、日本米ですけん。

台湾に戻ることになって、まず博多行きの客船に乗ったっです。みんな見送りに来ちくれて。馬場先生が駆け寄っち来て、いっきょい強う抱きしめられて驚きました。博多から台湾に向かうとき、私たちの乗った船のすぐあとの便が沈没したんです。魚雷で。それから戦争が段々と酷うなってってですね。

台南に帰ってしばらくして、書の展覧会がありました。そん時は台湾だけやのうて、大東亜共栄圏ちゅうち、中国、台湾、日本とか、全部合わせての展覧会があったっです。戦争中じゃったけん「上げよ勝鬨」って書きました。銅賞を貰うたです。

私は毛利さんが書き終わったとば先生に出すところを覚えちょるとです。毛利さんは斜め後ろん席に座ってござった。振り返ったらちょうど立ち上がって、前に半紙ば持って行きよらした。ちらっと半紙の端ん見えちかいですね。改姓名の「毛利京子」じゃのうて、本名の「毛京華」っち署名しちょったっです。名前だけ見えて、あん人が何ち書いたかはわからんじゃった。岡留先生は難しか顔しちょったばって、結局何も物言わんで受けとりよらした。毛利さんは、賞を取れませんでした。

父は海南島から無事に帰って来ちょったっですけど、台南での警察の仕事をやめて、台北で仕事をせんばならんくなってですね。六年生の十二月に引っ越すことになって。残念でした。あと三ヶ月でみんなと一緒に卒業のはずでしたから。台南駅から列車で台北に向かいました。平日で学校のありよるとに、隣の官舎に住んじょった佐伯さんや、毛利さんや、何人かは休んで見送りに来ちくれました。毛利さんは「どうか、お元気でいらっしゃって」って言うちくれたっです。私も泣いたばって、毛利さんも両目から真っ直ぐ、涙。あん人の書のごとありました。

台北に転校してからの友達は、あんまり覚えんとですよね。戦争が酷うなっとったから、ほとんど電波探知機とか作ってばっかりで。雲母剥ぎとか。学校の中でさせられよったです。

妹の奈津子は、そん時は五歳でしたかね。その下に末の妹が生まれて、母は添い寝しよったっですよ。私は学校行っちょったです。縁側の横にドラム缶があって。奈津子はそれにまたがっち、金具ででですね、叩きよったっちですた。そして機関銃の弾じゃったでしょう、それを叩いちょるとです。そいが爆発して手首から先、無くなったっですよ。その時分、空襲が多かったっです。機銃掃射したときの弾が残っちょったとを、叩いたっでしょうね。ちょうどおばさんが日赤の看護婦じゃっちょっとですたい。そいで奈津子ば抱えてすぐ日赤病院に行って、手術ばしちょるとです。あれ一人が犠牲になって、手を失うちょる。

引き揚げの時は、台北の先に基隆っていう港町があって、そこから家族六人で。私たちが乗ったのは貨物船でした。荷物は持たれんけん、背中にからわれるしこですね。私は着るもんを少しばかし。お金の持ち出しも制限されて。財産、失うちょるとです。和歌山の田辺ってありますでしょ。私たちの船はあすこにあがりました。どこにも寄港せんで、何日かかけて直接和歌山へ。博多までは列車で。あとは船で壱岐島に渡りました。その時分はいさお丸でした。小さかったけん、船酔いでですねえ。当時は六、七時間くらいかかったやなかですか。

島に帰ったのは女学校の、二年生に上がる頃でした。郷ノ浦の、今の武生水中学校が女学校じゃった。寄宿舎に入って。一部屋は五、六人じゃったですかねえ。一学年に二組、イ組とロ組。今でいうクラブとかありよったですけん。私はバスケット。外のコートでね。

女学校卒業して、叔父さんの診療所で働いたっです。叔父さんっていうのが、あなたのひいおじいさんの靖太郎さん。勉強したかったですけど、働かんばならんかった。泊まり込みじゃった。薬を包んだり、何やらかんやら。奥様のキエさんからよう鍛えられたです。江角にちょっと神経がかった人のおったっですよ。その人が診療所の下通るとき「器量の良さヨサ、根性の悪さって言うとは、おキエさんのこと！」っち、大声で節つけて歌ってまわりよらした。それがおかしくて。みんな隠れて笑いよったです。

二十三歳で結婚するけんちゅうち辞めたですけん、叔父さんから簞笥をもらいました。主人は遠い親戚じゃった。主人のお母さんと私の父がいとこじゃった。主人は割と評判の良かっちょるけんですね、叔父さんが決めたっです。それまで主人とは会うたことはなかったです。七つ違いで、農業をやりよらした。それから九電の検針と集金も始めたっです。そいで私も、田んぼも集金も加勢しました。

戦後しばらくは南門小学校のみんながどこに引き揚げたかわからんで。最初の同窓会は、引き揚げて来ちから十五年くらい経った頃だったでしょうか。福岡でありました。博多駅の前のホテルじゃった。全国から来てました。隣に住んじょった佐伯さんとも再会できました。今でも手紙のやり取りしてます。台南の毛利さんがどうしちょるかは聞かんですね。生きてござるやろうか。

私の子供は五人、男ばっかり。私は女ばっかりの四人姉妹やったのに。五人とも、割と手のいらんやったっです。おかげで子供達の心配は無かです。長男が主人の田んぼを継いで。みんな結婚して、家もそれぞれ建てちょるけんですね。

主人の亡うなって、今は一人で隠居暮らしです。書をやりよるですよ。あなたのおじいさんの、弘樹さんの手本で。生前に貰うとったっです。毎年十一月三日の文化の日に離島センターで文化祭のありよって、それに出しよります。去年は「月到千家静」。月は千家に到って静か。

今年は何を書きましょうかね。

風船

深い雪の中を、泳ぐように、掻き分けながら進んで行く。

道も何もない一面の雪原。独りきりで、山の奥に向かっている。

「遡れる最初の記憶は何ですか?」

そう尋ねられたとき、初めにその光景が目に浮かんだ。でもそれは明らかに間違っている。あのときは療養所にいた。女子北病棟。十九歳の冬のことだ。もっと古い記憶がいくらでもあるはずだった。

瞳を閉じて、記憶をたどる。次に脳裏をよぎったのは、祖父の家の居間に敷いてあった熊の毛皮だった。父方の祖父の家は田畑に囲まれていたが、祖父母が田植えをしたり、畑を耕したりしているのは見たことがなかった。地主か何かであったらしい。熊の毛皮の上で、祖父が胡坐をかいていた。祖父は乃木大将のような立派な髭を生やしていた。居間の長押に父の遺影が掛けてあった。三歳か四歳くらいの弟が遺影を見上げている。弟は三つ下だから、そのときの私は六、七歳ということになる。

私は三歳で父を亡くした。

父の葬儀。母が泣いていた。まだ赤ん坊の弟を、誰か親戚の人が抱きかかえていた。

「最初の記憶は、棺桶ですかねえ。父の」

聞き手の男はぎょっとして言葉を失っている。

祖父に反発していた父は小さな運送会社の経理部で働いていた。その日は破産した家の金庫を運ぶ仕事があって、人手が足りずに経理の人間も現場にかりだされていた。金庫を中二階から梯子でおろしているときに、父がしゃしゃり出て梯子に登った。梯子が折れて、父は金庫の下敷きになった。夫を失った母に、祖父は「子供は引き取るから実家に帰っていいぞ」と言った。母は首を縦に振らず、女手一つで二人の子を育てることにした。

私は秋田市に隣接する本荘という名の田舎町で生まれた。今では随分栄えているが、当時は果樹園だらけで、りんごや梨の木が山の上から麓まで広がっていた。母は日中、農場で小作をして、夜は遅くまで着物を縫っていた。

小学校に入学すると同時に太平洋戦争が始まった。戦争が酷くなってくると、授業のかわりに山の斜面で松根掘りをやらされた。伐採され尽くした松林に、無数の松の根が残っている。それを子供たちだけで掘り起こした。根を掘り尽くしたら、今度はその土地に木造の平屋を建てなければならなかった。そこは軍の結核療養所になるのだと聞いていた。

中学に入った頃から、一人でいるのが好きになった。一人で過ごすときはいつも本を読んでいた。一人でいるから本に親しんだのか、本が好きだから一人でいたのか、そこのところははっきりしない。友達が全くいなかったわけではない。仲が良かったのは浜口弓子という名のミシン屋の娘で、真新しい、立派な屋敷に住んでいた。浜口さんの家の書斎には本が沢山並んでいた。一番最初に借りた本のことはよく覚えている。パール・バックの「大地」。前・中・後と三巻あったが、あっという間に読み終えた。以来、浜口さんの家に足繁く通い、その度に何冊か貸してもらっていた。

高校は女子校で、同級生が他校の男子の話で盛り上がる中、私は相も変わらず本を読んでいた。高校時代はスタンダールの「赤と黒」が一番のお気に入りだった。本に出てくる男女のあれこれは、どこか遠くで起きている、自分とは関係のない非現実的な出来事だと思っていた。

高校三年の冬頃から体調が悪くなって、卒後はしばらく家で静養していた。そのうちに変な咳が出るようになって、医者にかかったら結核と診断された。すぐにでも入院しなければならないという。皮肉なことに、入院先は小学生の頃に松根掘りをして作ったあの療養所だった。戦後は傷痍軍人に限らず一般の結核患者も受け入れていた。広い敷地に平屋の病棟が並んでいる。私の病室は女子北病棟の一画にあった。三人一部屋の、重症患者用の病室だった。私は悶々としながらベッドに身を横たえていた。今まで母に散々苦労をかけてきて、やっと恩返しができると思った矢先に入院する羽目になってしまった。それが申し訳なくてやりきれなかった。

冬のある朝、目を覚ましていつものように寝床を整えていたら、同室の人が洗面所から帰ってきた。「おはよう」と言葉を交わし、次は私が洗面所に顔を洗いに行った。ついでに用を足して部屋に戻ると、さっき挨拶したばかりの人が喀血して、既に息を引き取っていた。そのときは割と冷静だったのに、三日経って急に悲しみが押し寄せてきた。私は療養所を抜け出して、裏の雑木林を彷徨った。しばらく行くと木々が途切れて、一面の雪原が広がった。私は雪を掻き分けてさらに進んだ。途中で立ち止まって、そこで長い間泣いていた。体の芯まで冷たくなって、涙を拭いて、療養所に引き返した。

私はよく敷地の外に出て、林の中を散歩した。少し歩くと川があった。その川の土手に座って本を読んだ。療養所には図書室があって、結構良い本が揃っていた。トーマス・マン、「魔の山」。ページをめくる手が止まらなかった。

入院から二年後の春、主治医に「手術の時期だ」と言われた。主治医は紙に絵を描いて術式を説明した。手術は二回に分けて行われる予定だった。まず肺の右上葉を切除する。次に肋骨を何本か取り除く。一回目の手術が無事に済んで、術後は南病棟に移された。南病棟は割と軽症で元気な患者が多かった。それでも私は憂鬱だった。このあと骨をとる手術をしたら、もう長くはないだろう。そんな風に思っていた。私の心配は決して大げさなものではなかったはずだ。当時は胸郭を成形するために肋骨数本を切除したあと、病巣の空洞に充填物を入れる手術が行われていた。患者たちの間では「ガラス玉を入れる」と表現された。ところがそのガラス玉が感染巣になることがあって、その場合はガラス玉を摘出しなければならなかった。この摘出術で多くの患者が命を落としていた。昨日まで元気に病棟を歩いていた人たちが、ことごとく骸になって帰ってくる。そんな現実を目の当たりにしていた。骨を取る手術が終わったら、余命二年か、三年か。私は病室のベッドに座って、茫然自失で窓の外を眺めていた。中庭に咲く花を見ても何も感じなかった。

右上葉切除術の一ヶ月後、診察室に呼び出された。緊張しながら扉を開けると、主治医から紙袋を手渡された。紙袋の中にはゴム風船が沢山入っている。

「試しに膨らませてみなさい。少しは肺が動くかもしれない」

先生は「すぐに戻るから」と言って出て行った。私は風船を口にくわえた。風船はいとも簡単に、丸く、大きく膨らんだ。何だか楽しくなってきて、続けて幾つも膨らませた。先生が戻ってきた頃には部屋中が風船だらけになっていた。先生は「限度ってものがあるだろう」と私を叱った。口ではそう言いながら、笑顔を浮かべて頷いていた。

それが良かったのか、二度目の手術は取りやめになった。

あのときのことを思い返す度、私は首を傾げてしまう。記憶の中では、色とりどりの風船が診察室の天井を埋め尽くしている。でもこの記憶には矛盾がある。自分の息で膨らませた風船は床に落ちるはずで、浮き上がって天井を埋めるなんてことはあり得なかった。

手術の一年後に退院の許可が下りた。完全治癒、と診断された。

電電公社に就職してタイプ打ちの仕事をした。八年勤めて、三十歳で上京を決めた。何年か前に結婚した弟が実家に留まっていて、その弟夫婦との同居が苦痛だからと母には説明した。でも本当は三年間の療養所暮らしが影響していたのだと思う。肺を切除した二十一歳の春、自分が三十歳まで生きながらえるとは想像だにしていなかった。母には悪かったが、一度失ったはずの命、好きなように生きてみたかった。東京に住む親戚にガソリンスタンドの仕事と独身者用アパートを世話してもらった。東京暮らしといっても、銀座で飲み歩くとか、資生堂パーラーでパフェを食べるとか、そんなことがしたかった訳ではない。仕事帰りに古本屋に寄る。誰にも気兼ねせずに部屋でゆっくり本を読む。求めていたのはそういう日常のことで、慎ましやかでありながら、実家では手に入れられない夢のような生活だった。

友達はほとんどできなかったし、欲しいとも思わなかったが、隣に住む年上の女の人とだけは仲良くなった。彼女の名は高梨貴美子といって、その高梨という苗字が何となく都会的に思えて羨ましかった。高梨さんは私の部屋の本棚に興味を示した。彼女は流行小説の校正の仕事をしていた。当時、ハイカラ髪と呼ばれたショートカットで、田舎から出てきた私とは正反対のモダンガールだった。唯一の共通点は、友達がいないこと。互いの部屋を行き来して、菓子を持ち寄ってお茶を飲んだり、一緒に銭湯に行ったりした。高梨さんはいつも忙しそうにしていて、ときには仕事の一部を私にまわしてくれることもあった。本が好きな私にとっては願ってもない小遣い稼ぎで、何冊かこなしたら結構な額になった。それで世界文学全集を買った。モーパッサン、ヘルマン・ヘッセ、スタインベック。部屋に並んでいるのが嬉しくて、二度、三度と読み返した。

気のおけない友を得る一方で、仕事については悩んでいた。ガソリンスタンドの重労働に体がついていかなかった。新聞で木材輸入会社の募集広告を見つけて、履歴書を送ったらすぐに採用された。横浜の会社で、港の見える洋館の二階に事務所を構えていた。買い付けた輸入建木の体積を計算するのが私の仕事だった。計算式の一覧表を見ながら何リューベになるか算出する。事務所から歩いて五分のアパートに部屋を借りた。横浜の街は異国情緒があって、東京よりも好きになった。今になって思えば随分薄情な気もするが、引っ越して以来、高梨さんとは会わなくなった。電車ですぐの距離なのに。

私は三十二歳になっていた。ある日、事務所の近くに住んでいる世話好きのおばさんから縁談を持ちかけられた。相手の男はだるま船の船頭をしているという。当時は大きな船から荷を運ぶ小型の船のことをだるま船と呼んでいた。私は俳優でいえば佐田啓二のような、顔の綺麗な人がいいと思っていたのに、彼は南洋の漁師のような顔つきをしていた。聞けば実際、漁師町の生まれだと言う。こんな人とはお断りだと思ったが、結局、押し切られて結婚した。そうして女の子が一人生まれた。共働きして、豊かではないにしても、食べて行くには困らないくらいの暮らしが出来た。

娘が三歳になった頃、夫が地元に戻ると言い出した。両親の面倒をみなければならないと言って。それで壱岐島に引っ越すことになった。

横浜を出る前に、高梨さんに会いに行った。東京駅で待ち合わせて、駅の近くの洋食屋に入った。横浜に越してからも一人でいる間はよく本を読んでいたのに、結婚してからはめっきり読まなくなっていた。私がそう話すと、高梨さんは「私も文学は辞めた」と言った。出版社で校正とは違う仕事をしているらしく、内容を説明してもらっても、私には全く理解できなかった。それで色々尋ねていると、高梨さんは面倒になったのか「別に、私じゃなくてもいい仕事なのよ」と言った。

博多港から客船に乗り込むときに、突然、めまいに襲われた。ほんの一瞬だったから、たぶん夫には気づかれていない。一体、こんなところで何をしているのか？　私は故郷から遠く離れて、九州の隅っこにある小さな離島に向かっていた。

両親の面倒と聞いていたが、本当は借金の返済のために連れ戻されたのだった。私の持参金は全て姑に没収された。姑は自分の借金を私たちに肩代わりさせておきながら、なぜか傍若無人に振る舞った。夫は艪漕ぎ舟でイカを釣った。私はイカを裂いて、干したり、のしたりして組合に持って行った。稼ぎのほとんどが返済にまわされた。残った金は姑に奪われた。そういう理不尽な、訳のわからない貧困生活に耐えなければならなかった。

壱岐に来てから何年かして、ひょんなことから病院の院長夫人と知り合った。夫人は私の境遇を知って憐れに思ったのか、病院の事務に雇ってくれた。近所の人は不思議がっていた。院長夫人は人間嫌いで有名で、ほとんど人付き合いを避けていたから。それがどういうわけか、私には優しくしてくれた。家の仕事と事務の両立は大変だったが、その給金でどうにか生活を立て直すことが出来た。私も生き延びるためにずる賢さを覚えて、姑には秘密の口座を開いた。夫人は色々と気遣ってくれて、経費で運転免許まで取らせてくれた。

娘を嫁にやって、秋田に残した母を看取って、義父母の借金を払い終えたとき、私は六十歳になっていた。ようやく一息つけると思ったら、夫が脳梗塞で倒れた。麻痺が残って動けなくなり、それから十年入院していた。十年間の見舞いの日々。夫には悪いが「自分は何のために生きているのだろう」と考えてしまうこともあった。

病状が安定しているときに、外出の許可をもらって夫を湯本の海岸まで車で連れて行ったことがある。湯本は夕日が綺麗だから、それを見せてあげたかった。夫は助手席の窓から日が沈むのを眺めていた。

「夕日が綺麗っち、そげんバカなこつば言うな」

と夫は言った。「朝日ん方が綺麗たい」と。

夫はイカ釣りを生業にしていた。夜の沖に出て行って、朝方、港に帰ってくる。船の上から、日が昇るのを眺めていたのだろう。夫は日が完全に没するまで、西の空に目を遣っていた。夕日の向こうに、朝日を見ていたのかもしれない。

来年は夫の十三回忌。私もいつの間にか、八十歳を過ぎている。近頃、体の自由がきかなくなってきた。五年前に弟を亡くして以来、秋田には帰っていない。もう帰りたいとも思わなくなった。それでもときには、昔を思い出す。

雪や、文学や、風船のことを。

母と子

二十一歳のときに、勝本から諸津に来てですね。生まれは勝本の東触でした。四人兄弟です。母は終戦のあけ年、私が十七歳のときに亡くなったです。私は長女。昭和四年の一月一日生まれ。

ちょうどですね、産湯に浸からせようとき、郵便屋さんが年賀状もっち来られて「ここは新年そうそう生まれさっしゃったですねえ」ち言われたそうです。そっで嘘じゃないとじゃと。私が「聞こえんよかように一日に入れたとじゃろう」ちゅうたら母が「そうじゃなかと」ち。「本当な、その日に生まれたとよ」ち親ん言うたけん、そうやろうち思いようとです。

父は農家やったですけど、三十、四十歳くらいまでか、働き盛りは病気して。私が六歳頃、父のために藁布団ちゅうち、藁のしびばつぐったあれで布団ば作っちですね。昔ん布団は、今のよう軽いとん無いから。父は体が悪かもんですから。前はなんち言いよったっですかね……脊椎カリエス、そんなこと言いよったです。何しろもう、痩せてしもうて。ちょうど、背骨の上に飛び出とっとこあるでしょ。そこがうんと飛び出ちょったですね。

壱岐島では療養ができんで、福岡に先生のござって、そこで治療しちもらって。前は勝本に客船がつきよったですもんね。その大きい船のとこまでは、こまか伝馬船ですた。艪をこうして、湾のところまで伝馬船で来て。それからお爺さんと叔父さんが交代で父ば背負うて、上まであがっち来よったとを私も見たですよ。父は若い時はほとんど病気で、何もしよらんとです。

私はまだ子供で、ところどころ覚えちょるくらいで。そいで、母は心臓が悪かっとですたいね。若い時はそんなになかったっでしょうけど、段々悪うなっち。

母は日雇いでよその農家に行ったりなんかして賃金を貰って。昔の金やけん分からんでんなあ。何十銭か、何円か、貰いよったですよ。私たち貧乏暮らしで。お爺さんがおったってですね。その人が酒飲みで。そんお爺さんはただ飲むだけの人でした。若い時はね、働きもんじゃったそうですたい。でも、もう年取って。母がお爺さんの酒ん金も用意せないけんで。焼酎の、前は二合の小瓶のあったですもんね。家ん近くに店があったわけです。そこに私たちゃ買いやらせられよったです。二十五銭かなんか持って。そいで母はもう、難儀しちょっとですたい。難儀したまま、終戦のあけ年に亡くなったですもん。後からねえ、世の中に色々と品物ん出だしちから「今頃まで母の生けちょったらねえ、あれも買うちゃったろう、これも食べかしたろばって」ち思うたですよ。無念です。その頃はですね、父も元気になって、終戦後は郵便局に行っちょったですた。郵便配達にですね。農業はあんまりできんやったです、力仕事は。そいですけど郵便配達ぐらいは、まあできよったっでしょう。それからまた元気になって、漁しよったです。船を買うて、船外機つけて。

父はね、百二歳と七ヶ月で亡くなったです。「私ん体は一回カリエスで、もう肉も何も引いてしまっちょっとやけん。今度はそれから若がえっちょるけん、長生きしよっとじゃろう」って言いよったですねえ。そいで、百二歳と七ヶ月。でも、いっちょんぼけちょらんやったです。

しまいに一ヶ月ばかし入院したでしょう。八月でしたか。ひ孫が十一月になったら結婚するち言うと「私はそれまで生きられんけん、はよ、お祝いば送っちくれ」っち。「何言いよると、元気やないの」ちみんな言いよったですよ。ばって「外から見たら元気のごたるけど、体ん中はもうダメになっちょるとやけん、急いぢくれ」っち言うとです。「今日にでも、もう一時間もはよ、祝いば送っちくれ」っち。そしちその三日後です、亡くなったですもんね。

最後までしっかりしちょって。トイレも何も、自分で。死ぬ朝にですね「きつかろうけん、パンパースばしちゃるけん」ちゅうち、パンパースばさしたとばってん、嫌がってね。「こんなとには、されん」ち言いながらね、尿瓶っちあるでしょ。あれにしてですね。そいで汚さんずくやったです。四人部屋じゃったですけん、そん朝、父は同じ部屋の人に「みなさん、お世話になりました」っち言うて廻って。そっで本当に、夜の八時過ぎぐらいに亡くなったですね。

戦争ん始まった頃は、私は裁縫ならいに青年学校とか行きよったっですたいね。そんとき挺身隊の言うち来たですもんね。砲台作り。勝本に若宮灯台のあっでしょうがね、その向こうの名島っちゅう離れ小島に挺身隊で、十六歳の頃からです。

朝の五時、六時から行きよったですよ。遠くん人は三時から起きち来ござったですもんね。毎朝、船で渡らなでけんとですたい。そん小島には四つ砲台がでけたです。一砲舎、二砲舎、三砲舎、四砲舎って。大砲作りですから、砂やセメンや、砂利やね、バラス、そんなとを運ぶとです。船で積んで来たとを、下の海岸から上まで一キロあるとの、そこば車力で運ぶとやったですたいね。昔は車力ち言いよったでしょ。リヤカーよか、まだ大きかと。そっでそのとき一緒にしよった人が今でもみんな、声かけさっしゃあです。

名島の島に牛んおったっです。私は牛の口掴めち、そして車力ば引かせよったっですたい。そいでみんなが「あんた、牛の口閉じて上手いことしよったですもんなあ」ち言わっしゃるですよ。

みんなで「まいたまいたぁ、そらまいたぁ」とか歌って、綱で引っ張ったり後押したりしち、四砲舎まで出来上がったわけですたい。砲舎ん中には、横穴んトンネルやらも掘ったしですね。上から落ちて怪我した人もあったですよ。

B29、あれが何回か飛んぢ来たですもんね。そんとき、隊長さんが上んところから双眼鏡で見ござっとば、みんなで下から見ゆるとですた。私たちゃ大砲作っところ、芝やなんかで偽装しちょるとこにおって。「今、あん隊長ばヤるのと、飛行機ばヤるのと、どっちが良かやろか」っち、男ん人は言いよったですよ。隊長は二十八歳じゃったですもんね。壱岐の人やのうて、どっか旅の人じゃった。隊長になるから、やっぱ学校出ちゃったっでしょう。一方で、もっと年取った人たちが来ちゃっでしょうが。若いとがそういう年寄りば厳しゅう使うちゃるでしょう。そっで恨んじょるとですたいね。

結局、試運転一回したままで終戦になったっです。「ああ惜しか」っちゅうて。「みんな一生懸命で頑張ったとに、一回も撃たんずくに悔しい」ちゅうち、泣く人は泣いたりなんかしちあったですよ。終戦になったたっちゅうたら、隊長はどっか逃げち、おらんやったですね。みんなからヤられるち思っちござったとでしょう。それで恐ろしゅうて、隠れてござった。夜中にもう、名烏から渡っちゃるとですた。

戦争が終わって、母が亡くなって二年か、父んところに二番目の母んきちょったったですたい。そって、そん母ちゅうとが諸津ん人で。そん人の実家の近くに、目の見えんお爺さんと、お婆さんと、嫁を亡くした長男さん、そいからその子供。そういう家族が諸津におって、大変じゃけん、手伝いに行っちくれち言われて、諸津に奉公に来たったです。

そこん子は二月に誕生しち、十月にはもうお母さんの亡くなっちゃあとですたいね。私が行ったときは二歳になっちょった。お父さんの方、長男の幸雄さんは、肋膜上がりで仕事もしよらっさんとですよ。三年くらい奉公しちょったら、そん子が、名前は正司っちゅうとですけど、正ちゃんが私ば「お母ちゃん、お母ちゃん」言うて、なつくでしょうが。

ほしたらそこのお婆さんから「もう、ずうっとおっちくれんか」っち言われて。私も、あん子は母親のおらんとやけん、あとからどんな人が来るか分からんし、意地ん悪い人が来たら可哀想やけんねえと思って、おることにしたったです。幸雄さんは肋膜上がりやったっですけど、まあ、正ちゃんが可哀想やけん、相手が幸雄さんでも良かち思ったったです。

それまで私はお婆さんたちと一緒に住まいよったけど、ここにおっちくれんかっち言われてからは、ちょっと軽い結婚式しちもろうて。幸雄さんと一緒になったつは二十四歳ん頃やったでしょう。そしち、自分の子が三人できたっですたい。男ん子ばっかし。自分の本当の子は三人で、正ちゃんと合わせて男ん子四人になったっです。

結婚したばっかしの頃は、主人はあんまり仕事はしよらんやった。やっぱ肋膜上がりやけん。それから元気になっち、イカとりや何や行きよったですけん。半農半漁ですたい。畑は麦を作りよった。あとは大豆ですたい。田んぼもあっちやこっちや、遠方まであった。大左右触の方まであったし。いっときは鳥取の方に出稼ぎにも行ったです。長男が大学に行く頃ですね。大学に行く金んいるけん、働きに出なでけんちゅうち、鉄筋仕事に四、五年行ったですよ。主人は九十四歳で亡くなったです。私とひとまわり違うちょった。あれから何年になったっちゃろうか。私がいま八十九歳やけん、七年ぐらいになってしょう。

主人は無口で、そえん喋りよらんやった。たまには喧嘩ばしよった。一回は喧嘩して風呂敷包み持って実家に帰りかけたけど、正ちゃんが心配しようねえち思うて、また戻ってきたっですね。そしたらもう主人な、ぐうぐう寝よらした。

お婆さんのこと、主人に愚痴言うても取り上げよらんかったですもん。あんま頓着しよらんかったですもんね。だいたい、お婆さんな、主人のおらすときは言わっさんですもん。おらっさんときに限って言わすと。

正ちゃんな、小学校の六年生ぐらいまでは兄弟で自分だけ腹違いちゃ分からんやったっち言いよった。中学に上がるときに色々家族の調べもんのあるでしょ。そん頃分かったんでしょう。お婆さんがね、正ちゃんのことば「憎かけん、憎かけん」ち言いよったですよ。主人の前の嫁さんの子やけん、憎かっち言うとです。あれが辛かったです。

あたしはこん子を僻まさんごと、親ん違う子やけんて僻まさんごとちゅうち、欲しがる品ば何でも買うちやりよった。自分が磯ん行ってウニとっちなんかしたら、売った金は自分が貰いよったけんですね。それを貯めちょっち。自分の三人の子にはもう、おさがりばっかし。昔は法事とか祝い事で土産に菓子とか貰うたら、切り分けて食べよったわけ。正ちゃんにだけは、大きゅうしちやるとですたい。自分の子には小そうちた。「いつも兄ちゃんな大きいとば」っち、よう言いよったですよ。「いいと」っち。「あんちゃんは大きいけん。あんたたちはまた大きいなったら食べられるけん、良かったい」って。

そればってか、お婆さんは「憎む、憎む」って言うて。お婆さんはひどい人やった。ばって、お婆さんの姑さんちゅうとが、またひどかったらしかってですね。お婆さんな、元々は目の見えんお爺さんのお兄さんと夫婦やったってです。そん人が私ん主人の、本当の父親です。その兄さんが病気で早う亡くなられて、その弟とお婆さんな、一緒にさせられちょっとですたい。そっでその弟、お爺さんのことですた、お爺さんは若い頃に蛇から噛まれち目の見えんごとなっちょっとですたいね。こん、お爺さんがまた意地ん悪か人で。お婆さんは一緒になるとは「嫌」っち言うちょらすとですたい。ばって姑から「嫌なら、子も連れて帰ることはならん」ち言われたっち。そんで泣く泣く一緒になったっち、お婆さんの言いござったけんですね。お婆さんな、嫌々ながらお爺さんと一緒になっちょらすとです。

お婆さんには本当に、やられよったです。辛かったけん、一回はもう、自分だけんこと思うち、死にたかったです。死のうち思ったことあったですよ。恵比須に、母子で亡くならっしゃった人がおったってですたい。崖から海に飛び降りて。そん日は瀬戸小学校の運動会をやりよったけん、みんな母子が浮いとるとば見よったらしかってです。丘んとこから見ゆってですもんね。子供が亡くなっち、海に浮いとったって。そしたら母親の死んで浮いとっとが、亡くなった子供んとこにツーっち寄って行かしたって。「ほんと可哀想かったもんねえ」ち、瀬戸の人、そう言わっしゃったですもん。それ聞いて「ああ、私が身代わりに、私が代わっちやりゃよかった」っち思うたです、正直。

正ちゃんが六年生じゃったでしょうねえ、あん子が風呂入っとき「ぬるいけん炊いちくれ」ち言うけん、外で炊いちやりよった。私が「今日もお婆さんからこえん言われた」ち泣きながら話したら「お婆さんたちはな、学校にいたっちょらっさんけん、野暮なこつばっかし言うとやけん。そっで、僕が全部知っちょるけん、堪えちょきな」ち、正ちゃんが私に言うた。もう、それだけで救われたです。それぎり、絶対、愚痴はこぼさんやったです。一回も。自分だけで泣きはしてもね。

お婆さんに言われても泣いちばっかしで黙っちょったですけど、正司の二十二歳になるときにね、もう言うたですよ。「お婆さん、私はあの子の二つのときからここに来てね、ずうっと、いくらしちやっても、憎む、憎むっち言われちきたけん、あん子ば連れて、私が家出る」っち、そう言うたっですたい。「ここにはもうおられん」っち。そしたらお婆さんが「あれが二つの頃から来ちくれたつなあ」っち。「そらもう、出ちくるんな」っちですたいね。そっで「悪かった」っち、お婆さんが言わしたですよ。正司に「お母さんに決して親不孝したり、兄弟喧嘩したりしたらいけんぞ」っち。「私は死んでも、墓場ん影から、それだけは祈りよるよ」っち、言わしたですよ。それからはもう、良うなったです。そいでお婆さんは八十八歳で亡くなったっです。

男ん子ばっかでしたけ、私は「せいぜい嫁さん、優しい子を貰うちね」っち、言いよったですた。「あんたが良かっち思うたら良かったい」って私、言うた。正司の貰うた嫁さんが良か人やけん、本当に良かった。

今はもう、自分のいいようにさしちもらいよるです。ゲートボールに行きたいときは行くし。旅行に行きたいときは行くし。今でも畑で野菜しよっとです。月水金がゲートですから、そのあいなかに火、木、土ですかね。今日もね、ジャガイモとか玉ねぎとか。

諸津に来たつが二十一歳やったですけん、もう七十年近くになるですねえ。私はあれがおらんやったら、ここにきちょらんち思うです。もしも他の、憎む人が来られたらあの子が可哀想やけんち思うちばっかし、来たですたい。そんな話は本人にしちょらんけん、本人な、どげん思うとるか知らんですばってん。

プロム

私はフィリピンのカバンカラン・ネグロスオキシデンタルで生まれました。

ネグロスオキシデンタルはルソン島とミンダナオ島に挟まれたビサヤ諸島の中にあって、マニラから飛行機で四十五分、空港からさらに車で五時間かかります。サトウキビやトウモロコシのプランテーション、あとは田んぼが広がっています。私は九人兄弟の長女で、下に弟が四人と妹が四人います。

父は農夫でした。小さな土地を持っていて、サトウキビやナスを栽培していました。今は田んぼもあります。三番目の弟のロバートが三ヘクタールの農地を買いましたから。ロバートは今ロンドンに住んでいて、セントジョージ病院の看護師長をしています。

貧しい家庭に育ちました。昔のことを思い出すのは正直、苦しくもあります。本当に貧しかったから。大家族でしたし。あの環境で勉強を続けるのは、並大抵のことではありませんでした。大学時代には授業料が払えなくて一年間休学したこともあります。五年かかって、どうにか卒業はできましたけど。

カバンカランカソリック大学で教育を学び、卒後は教職に就きました。ところがキャリアの四年目にクーデター未遂事件が起きて、勤めていた学校が麻痺状態になってしまいました。一九八九年の出来事です。私が日本に来たのはその二年後、一九九一年のことでした。

子供の頃の私はお転婆だったと思います。いつも走っていましたし、やたらと木に登っていました。野に咲く花を摘んだり、果物をとったりして。バナナやグアバ。いたるところにありました。近くの川で泳ぐのも好きでした。川岸で綺麗な色の石を拾ってコレクションしていました。緑や赤や、色とりどりの石を。父が木を削っておもちゃを作ってくれることもありました。木彫りの自動車とか。おもちゃを買う余裕がなかったからです。何でも利用して遊んでいました。瓶の蓋だって立派な遊び道具の一つでした。

家にはテレビがありませんでした。そもそも電気が通っていませんでした。あかりが必要なときはろうそくです。街全体に電気が通っていなかったというわけではありません。うちは電気代が払えなかった。

私の家の屋根はトタンでしたので、雨のひどいときはダダダっと音がして、それはもう、うるさかったです。夜に降ったら一睡もできませんでした。キッチンの屋根はココナッツの葉です。雨の夜はキッチンの椅子に座って外の闇を眺めていました。

私は弁当というものを経験したことがありません。小学校から大学まで、いずれも家から歩いてすぐのところにありましたから、昼御飯は家に帰って食べていました。アドボという料理が好きでした。フィリピンの一般的な家庭料理です。鶏肉と豚肉と、スパイス、ニンニク、ビネガー、胡椒、葉野菜。砂糖を少しとココナッツミルク。夏によく食べます。夏バテ防止に良いのです。

ハイスクールに入ってからは、内向的になってしまいました。というより、孤立していました。同級生は親から小遣いをもらって、学校帰りにレストランやカフェでおしゃべりしていましたけど、私にはお金がありませんでした。私は学校が終わったらまっすぐ家に帰って両親の手伝いをしていました。私は長女で、下に八人の弟や妹がいました。ティーンエイジャーらしい過ごし方ができなかったように思います。だから娘たちには言っているのです。楽しめるチャンスがあったら、とにかく楽しみなさいって。私はただただ責任というものを考えていました。デートなんかもしませんでした。ハンサムな男の子とデートしてみたいって、思春期の女の子なら誰でも考えるものでしょう。私は全然でした。別に我慢していたわけでもないのです。義務で自分をがんじがらめにして、異性のことまで気が回りませんでした。

クラスメイトに「ジュディ、泳ぎに行こうよ」とか「街で遊ぼうよ」などと誘われることもありましたが、断っていました。そんなことにかまけている時間はありません。でもハイスクールの最終学年になったときに思ったのです。これじゃあんまりだって。私は自分の十代が散々なものであることに気づきました。それで大学に進学することにしたのです。そんなにシリアスに責任を考えすぎることもないだろうと。もっと人生を楽しもうと。それまでは、そんな風に考えることができませんでした。良い姉でいなければと思っていましたから。それからは猛勉強して、無事に大学に入学することができました。家族への責任を取り払って考えたとき、一番やりたかったのは勉強でした。

子供が好きだったので教育学部を選びました。

大学時代の印象……。思っていたのとは、少し違ったかもしれません。楽しかったとかつまらなかったとか、そんな風に一言で表現することはできません。当時、私は周りの人との間に、というか周囲の全てに壁を感じていました。まずは学費の問題で頭を悩ませていました。毎月の学費を期限内に用意することができず、事務課に頭を下げて期限をのばしてもらわなければなりませんでした。父は出費を切り詰めて、遅れはしても、どうにか学費を捻出してくれました。当時のフィリピンには奨学金なんてものはありませんでした し。支払いが滞って一年足踏みすることもありましたが、最終的には卒業証書を手にする ことができました。

学ぶということ、それ自体は純粋に楽しかったです。当時、教授は皆外国人でした。イギリス人かアメリカ人か、その他の国の人たちでした。私は外国人の先生方と言葉を交わすのが好きでした。そして学校の図書館に足繁く通っていました。そこで勉強したり、小説を読んだりして過ごしていました。本を買うお金はありませんでしたから。皆は学部ごとにグループを作っていて、グループ同士で遊んで楽しんでいました。それに恋をしたりして。でも私にはできませんでした。ハイスクール時代、責任に追い立てられていた私は、今度は勉強に全力を傾けていたのです。

大学には欧米のように、フラタニティとかソロリティといった社交クラブがありました。一度、先輩に誘われて参加したこともありましたが、性に合いませんでした。彼女たちはいつも楽しむことばかり。飲みに行って、ビーチに行って、キャンプファイアして、ボーイフレンドを作って。「人生を楽しむのよ」みたいな感じです。たまに喧嘩したりとか。それも何というか、嘘の喧嘩です。とにかくそういうのが嫌いでした。

本当のことを言えば、私も心のうちではボーイフレンドというものを経験したいと思っていました。恋とはどんなものなのだろうと。でもチャンスがありませんでした。望むと同時に、どこかで自制していたような気もします。もしのめり込んでしまったら、転落してしまうのではないかと。楽しもうと思って大学に入ったはずなのに、私はそういう楽しみを悪事とみなして恐れていました。

それでもついに、私のもとにも恋が訪れました。三年生になって、なんと教授に恋してしまったのです。ミスター・ミルフォード。彼の教え方が好きでした。彼はイギリス人で、四十七歳、独身でした。ガールフレンドもいないようでした。そのときの私は二十一歳です。校内にあるチャペルの脇にマンゴーの木が植えてあって、私はその木の下でよく本を読んでいました。彼はときどきそこにやってきて、私の前で足を止めました。

ジュディ、君はどうしていつも一人なの？　君はチャペルで何を祈っているの？　なぜいつも図書館にいるの？　みんなグループで出かけているのに、君はどうして、そこに座って本を読んでいるの？

彼にたくさん質問されました。

私はただ「質問をやめて下さい」と答えていました。「先生は私の人生がどんなものかを知らない」と言ったこともありました。彼のことが好きだったのに。

その年の二月にあったバレンタインズデイのプロムのことを、私は一生忘れないでしょう。私は初めて、男の人とダンスを踊りました。プロムは大学の体育館で行われました。風船や紙テープで飾り付けられていて、音楽部の学生がバンド演奏をしていました。学生も先生方も皆参加していました。

私は珍しく、赤いロングドレスを着てめかし込んでいました。それでなんとなく気恥ずかしくて、おどおどしながらクラスメイトと話していました。そこに麻のスーツを着たミスター・ミルフォードが現れたのです。彼は私に右手を差し出しました。そのときに流れていた曲も覚えています。キング・アンド・クイーン・オブ・ハート。踊っている間、緊張して手が震えてしまいました。

ダンスが終わって、彼は私を椅子のあるところまで案内してくれました。「何か飲む?」と訊かれたので「私が取って来ます」と答えて立ち上がろうとすると、彼は首を振って「いや私が」と。そのあと二人で、フルーツカクテルで乾杯しました。彼は去り際に、私の手を握りました。あくまで、教師と生徒の間の握手、といった感じで。そしてこう言ったのです。

「これから男の人と出会ったら、あまり怖がらないようにしないとね。好きになったら、恥ずかしがらないでちゃんと好きだと伝えなさい。伝え損ねたら、きっと後悔することになる。君なら大丈夫だから」

彼がそんなことを言ったのは、私の緊張を、男性一般に対するものだと思ったからでしょう。確かにそれもありましたが、私が震えていたのは、ダンスの相手が彼だったからです。彼にそんなことを言われても、気持ちを伝えるなんてことはできませんでした。教師と生徒の間での恋愛は禁止されていましたし。

それからもミスター・ミルフォードは優しく接してくれました。木陰で本を読んでいるときに、アイスクリームを買って来てくれたこともあります。クリスマスカードも送ってくれました。君はとても良い生徒だと書いてありました。でも私は返事を出せませんでした。クリスマスカードを買うお金がなかったから。

彼と最後に会ったのは、卒業を間近に控えたある夜のことでした。私は図書館に何か忘れ物をして、取りに戻ったところでした。するとそこにミスター・ミルフォードがいたのです。他の先生たちも一緒でしたけど。彼はその年を最後に、イギリスに帰ることになっていました。

私は彼のところに行って「こんばんは先生」と言いました。「何してるの？」と、先生は驚いた様子でした。「忘れ物をしてしまって」と答えると、彼は「少し散歩でもしようか」と言いました。

夜のキャンパスを二人で歩きました。「今まで色々とありがとうございました」とお礼を言って、握手をしました。すると彼が私の髪に触れて「グッドラック」と言ったのです。涙がこぼれてきました。私は駆け出して、チャペルの横の、マンゴーの木の下まで行って立ち止まりました。後ろから追いかけてきた彼に「私はあなたが好きです」と言いました。すると彼が「君の想い以上に、私は君のことが好きだよ」と。

今でもその言葉が耳に残っています。それが最後になりました。先生は卒業式を待たずにイギリスに帰って行きました。

卒業後は自分が通っていた小学校で教鞭を執ることになりました。ところが二年目に、私はトラブルを起こしてしまいます。そのときは五年生のクラスを担当していたのですが、クラスに一人、落ち着きのない男の子がいて手を焼いていました。その子は一人っ子で、彼の父親は警察官でした。地方の警察官というのは、なかなか恐ろしい存在です。少年はいつも大きなクモを持ち歩いていました。クモをマッチ箱の中に入れて。授業中にそのクモを放して、教室で遊び始めるのです。私は授業に集中できませんでした。それで彼に「クモを教室に持ち込んではいけません。勉強にならないでしょう」と言いました。すると彼は「はい先生」と素直に返事をしました。

あくる日の授業中に、その少年が教壇まで歩いて来て「オシッコに行ってきます」と言いました。私は「オーケー」と言って授業を続けました。ところが二時間たっても戻ってきません。探しに行くと、彼は校舎の裏でクモと遊んでいました。再び注意すると「はい先生」と返事だけは良いのですが、少年は言うことを聞きませんでした。次の日の午後、授業が始まってもクラスの半分が姿を現しません。もしかしたらと思って校舎の裏に行ってみると、クラスメイトを引き連れた彼が、例のクモで遊んでいたのです。私は逆上してしまい、地面を這っていたクモを手のひらで叩き潰してしまいました。

やってはいけないことでした。今でも後悔しています。子供達はショックを受けたと思います。生き物を大切にすることを教えなければならない教師が、生徒の目の前で生き物を殺してしまったのですから。私も若かったのです。自分の感情をコントロールすることができませんでした。彼は泣いて、家に帰ってしまいました。

翌日、父親が教室に入ってきました。警察の制服を着たままで。授業中でしたが「お前に話がある、外に出ろ」と言って私を睨みました。校長室に連れて行かれ、校長の前で怒鳴られました。それから私は席を外すように言われました。

しばらくして少年の父親が校長室から出て行きました。入れ替わりに私が中に呼ばれました。

校長は、

「あなたには他の学校に行ってもらいます」

と言いました。

「山奥の学校に」

と。

私は山岳地帯にある小学校に左遷されました。

山の人々は大らかでした。モンスターファーザーもモンスターマザーもいませんでしたし、集落には警察官が常駐していませんでした。逆にPTAのミーティングには誰も参加してくれません。何か伝達事項があるときは、家を訪ねて直接伝えなければなりませんでした。連絡帳は使えません。その地域のほとんどの大人は字が読めませんでしたから。

そこに二年ぐらい勤めたところでクーデターが起きました。結局は未遂に終わったのですが、実社会は揺らぎました。学校は麻痺状態になって、授業ができなくなってしまいました。何ヶ月経っても給料は未払いのまま、学校はロックアウトされました。私は教師の仕事を諦めて、首都のマニラに出ることにしました。地方には職がなかったから。両親や兄弟の生活を支えるために、どうしてもお金を稼ぐ必要がありました。

マニラにはフィリピン全土から職を求めて沢山の人が集まっていました。まさに生存競争です。私は大学を出ていましたが、母校は地方の無名大学でした。採用担当者はアテネ大学やフィリピン大学といった有名校出身の人間を選びます。それは最初からわかっていました。それでも私は仕事を得なければなりませんでした。そこで、あえて清掃の仕事を申請することにしました。申請書には様々な職種の選択項目があって、より高給の、次元の高い仕事を選ぶこともできましたが、私は一番下に記載されていた清掃の仕事に丸を付けました。そうやって採用担当者との面接にこぎつけることができました。カリフォルニアにメインオフィスを置く輸入会社です。

採用担当者が「あなたは高い教育を受けているのに、なぜ清掃の仕事を希望したの？」と言いました。「本当に仕事が必要なんです。家族を支えなければなりませんから」と答えました。するとすぐに採用が決まって、その場で制服を渡されました。掃除機とか、その他の様々な掃除用具も一緒に。実は使い方がわかりませんでした。掃除機なんて電化製品は、私の家にはありませんでしたから。

経営者のバーンズさんは当時六十三歳でしたが、実年齢よりずっと若く見えました。お洒落でスマートな紳士でした。彼はカリフォルニアとマニラとを行ったり来たりしながら仕事をしていました。バーンズさんはオフィスでよくコーヒーを飲んでいて、秘書がそれを用意することになっていました。秘書が新しい人にかわって、コーヒーを出すタイミングや淹れ方をなかなか覚えられずにいたので、私が細かく教えてあげました。彼のオフィスを掃除しているうちに、何となく覚えてしまっていたのです。バーンズさんはそれに気づいていたのでしょう。ある日、デスクを拭いているときにバーンズさんがコーヒーカップを持ち上げて「ありがとう」と言いました。そして「あなたの名前は?」と。「ジュディです」と答えると「へえ、私の娘の名前もジュディだよ」と言って笑いました。それ以来、バーンズさんとはよく話すようになりました。

あるときバーンズさんがカジノに誘ってくれました。カジノには食べ物がたくさん置いてありました。フルーツやブラウニーなんかがうずたかく積まれています。夢のようでした。私はひたすら食べ続けました。遠くからバーンズさんが「ジュディ、こっちにおいで」と言うのですが、私は「ノー、サー」と言ってフードコーナーに張り付いていました。

そのときバーンズさんから彼の友人だという八十歳のアメリカ人を紹介されました。バーンズさんと同じく輸入会社を経営しているとのことでした。そろそろ引退して、これからは悠々自適に暮らしていくつもりだと言っていました。彼は男やもめで、若いフィリピン人と結婚したがっていたのです。彼は会ったばかりの私に「結婚したい」と言いました。一緒にアメリカに行って、広い家でゆっくり暮らそうと。私が野心家だったら、その話に飛びついていたかもしれません。でも私は断りました。

バーンズさんに誘われて二度目のカジノに行ったとき、そのアメリカ人がもう一度「結婚しよう」と言ってきました。私は丁重にお断りしました。バーンズさんに悪いような気もしたのですが、彼はそのことでかえって私を信用してくれたようでした。

「ジュディ、明日からはもっと責任のあるポジションで働いてもらうことにしよう」

私はマーケティングリサーチのチームリーダーに任命されたのです。

給料がぐんと跳ね上がりました。私は必死に働きました。マーケティングリサーチは仕事自体も面白かったです。スーパーマーケットに行って指定された商品、例えば、ある会社のチョコレートの消費期限をチェックします。その製品がどれくらいのペースで消費されているのかを調べて、データの解釈や提言も加えてレポートを作成します。そんな風にして一年近く、そのポジションでの仕事を続けました。

私は会社の近くのアパートを借りていたのですが、そのアパートを所有する女性オーナーの旦那さんが日本人でした。その人に今の夫を紹介されました。夫は壱岐島で建設会社を経営しています。当時はフィリピン人の労働者を求めてマニラを訪れていました。オーナーの旦那さんが夫の手伝いをしていて、夫が結婚相手を探していることを知り、彼と私を引き合わせたのです。

そのとき、夫は四十三歳でした。私は二十七歳。母親と同じ年齢だったので、どうなのかな、とは思いましたが、会ってみたら良い人でした。優しくて、紳士的でした。八十歳のアメリカ人は無理でしたけど、彼なら良いんじゃないか、と思いました。それに家族への責任も果たせます。フィリピン人を雇う計画は頓挫したようでしたが、夫は伴侶を見つけて島に帰ることになったわけです。それが生まれて初めての海外でした。島の生活に順応するのは大変でしたが、喜びの方が大きかったと思います。毎月、フィリピンの家族に仕送りができましたし、娘二人を授かりました。

上の子はいま大学院生で、福岡に住んでいます。大学では成績が良かったので、学費は全額免除されました。下の子はフライトアテンダントを目指していて、同じく福岡で専門学校に通っています。

教育方針については夫と意見がぶつかりました。夫は「女は勉強なんかせんでいい」と言っていました。女は結婚して夫を支えるもの。夫はそう考えています。でも私はそうは思いません。私自身、女ですけど大学に行きました。お金もありませんでしたが、教育が何より大切だと思っていたからです。この意見の食い違いは今でも続いています。でも娘たちにとって、私の示した道は正しかったと確信しています。間違っていないはずです。

上の子が五歳のときに、小学校から「英語の授業を手伝ってもらえないか」と依頼がきました。私は喜んで引き受けました。支給されたテキストは限定的で広がりがありませんでしたから、私なりに授業内容を工夫することにしました。フィリピンの遊びや料理なんかを交えて、楽しく英語を学べるように。初めはボランティアで教えていましたが、県から有給で正式に採用したいと言われました。それから十八年間、小学校で英語教育に携わってきました。

二年前に小学校の仕事を辞めて、今度は介護の仕事を始めました。その次は介護施設の厨房の仕事も。イギリスで看護師長をしているロバートが、近い将来フィリピンに戻って介護の専門学校を開設するつもりでいます。機会があればロバートの学校を手伝いたいです。日本で介護の経験を積んでおけばきっと役に立つはず、そう思って介護の仕事を始めたのです。歳をとってからでも構いません、ボランティアでも何でも。フィリピンの若者に自分の経験を伝える。それがフィリピンの将来に役立つはず、私はそう考えています。

二年に一度、ネグロスオキシデンタルに里帰りしています。娘二人は、近頃ついてこなくなりました。娘たちはフィリピンのことを、そんなに好きではないだろうと思います。環境が悪く、不便だから。仕方のないことです。二人ともフィリピンで生まれたわけではないし、暮らしたこともありませんから。最後はフィリピンで死にたいと思っています。娘たちにそう言ったら「それはオーケーだよ、マム」と言ってくれました。実はもう、故郷に自分の墓を用意しています。

父は八年前に急性心筋梗塞でこの世を去りました。少し早かったですね。ヘビースモーカーで、お酒が好きだったからでしょうか。父は死ぬまで農業を続けていました。今は一番下の弟のファビアンが農場を守っています。

昔、私たちはお米も満足に食べられませんでした。母は嵩増しするためにいつもおかゆにしていました。だからロバートと私とで約束したのです。私たち二人、頑張って将来家族を支えようと。食べ物に困らないように、ちゃんと炊いたお米が食べられるように、お互い努力しようと約束しました。私はこの島に来て毎月仕送りできるようになりました。今はおかゆじゃなくて、家族全員、炊いたお米を食べています。

今の生活に問題や悩みがないわけではありません。上手くいかないことも沢山あります。それでも、一つの目標を達成できたとは思っています。それが私の誇りです。

ふすま

鎮信流は武家由来の茶道。強く美しきを良しとする。

半世紀を経て、未だ学びの道にいる。我ながら、よくもここまで没頭できたものだと不思議に思う。何がそうさせたのか。あんなに毛嫌いしていた規律なるものを、あるいはどこかで求めていたのかもしれない。


祖母の手ほどき。まずはふすまの開け閉めから。

「佐世保に行ったらちゃんとせなでけんとよ。よそに遊びに行ったりしたときに、恥をかくことの無いように」

七つの私に、母方の祖母は礼儀作法を厳しく仕込んだ。

「なんでこんなこと、せなでけんと?」

祖母の答えは明快だった。

「妙子は海軍将校の娘なんだから」

座敷での立ち方、座り方、床の間に活けてある花の褒め方に至るまで、事細かに繰り返し練習させられた。しまいには着付けも一人で出来るようになった。

母は和裁が得意だった。寸法を測って、たくさん着物を作ってくれた。

学校の行き帰りに近所の人から声を掛けられる。

「妙子ちゃんはいっつも違う着物で良かねえ」

家の方角が同じ四、五人の友達と手を繋いで下校した。家の近くの神社までは皆と一緒で、あとはそれぞれの小道に分かれる。別れ際に「また明日ね」と手を振って。境内から見た島の景色が忘れられない。山の稜線。風で稲穂が揺れていた。遠くで繋がる空と海。

二年生にあがる頃に父が遠洋航海から帰ってきた。島を離れ、佐世保での暮らしが始まった。父は海軍の将校で、佐世保の防備隊に所属していた。借家は駅の裏手にあった。周囲に田んぼは見当たらなかった。佐世保の街には石畳が多い。父が仕事から帰ってくると、靴音が家の中まで響き渡った。

「ほら、お父さん帰って来ござるよ」

一つ下の妹とまだ小さい弟と一緒に、母の隣で三つ指をつく。

「お帰りなさいませ」

父は腰にさした短剣を母に渡し、軍靴を揃えて家にあがる。

妹は小声で「短剣っち、よっぽどの上等のもんごとねえ。位は下の方なのに、よう威張らすねえ」と愚痴を言った。妹は奔放だった。妹が勉強部屋のふすまを閉めた途端「今の、やり直しッ」と叱る声が聞こえてくる。ぞんざいに閉めたふすまの音を、父は決して聞き逃さなかった。私は毎回気をつけていたから、怒られるのは妹が閉めたときに限られていた。妹は「これでいい?」と適当に閉め直す。「それじゃダメだ」父は妥協を許さない。何度かやり直させた挙句、どういうわけか、最後は私が叱られた。

母は普段口答えをしない人だったが、私がやかましく言われたときはかばってくれた。

「妙子は悪くないとに、あなた、いっつも妙子を叱って」

「そうかわからんけどね、妙子が一番初めに生まれとるとだから。先に生まれた子をしっかりしつけたら、後の子はそれを見て育つから、良かと」

そういうわけで、正直に言えば父のことが嫌いだった。

そんな父も機嫌の良いときは私を隣に座らせてタバコを吸った。

「妙子はお父さんのことを好きではないだろう?」

子供でも嘘はつく。

「いや、好きです」

父は「そうか」と頷いた。

「お前は何か、習いたいものがあるか？」

真っ先に思いついたのがピアノだった。

「ピアノを習いたいです」

「……お前は叶わんことを言うて。うちはピアノを習わせるような経済じゃない。もっと上の位になったら、習わせてやる。今はまだダメだ」

妹の言うとおり、将校と言っても階級は下の方で、実際薄給であったらしい。

「習字がいいです」

父は字が達者だった。

「やっぱりお前は習字を習いたいと言うたか。お父さんも、それには大賛成だ」

以来、小学生の間は書道教室に通い続けた。

佐世保でも、母は新しい着物を縫ってくれた。

「転校生だからね、これ着ちお行き」

壱岐島では皆和装だったのに、佐世保の子供は洋服を着ていた。

「もう着物は着らん」

「着物が良かっよ。きちんと着物着てね、帯しめて、ちゃんとしてお行き」

教室では島から転校してきた生徒がどれくらい佐世保に馴染めるのかと、担任の先生が気にしているのを、子供ながらに感じていた。担任は若い女の先生で、まだ学生のようにも見えた。

「この問題を解いてごらん」

算術の時間にチョークを手渡される。

黒板に答えを書いていると、先生から算術とはまるで関係のないことを訊かれた。

「あなた、その着物はどうしたの？　お母さんがお縫いになったの？」

「はい、そうです」

先生は「そうなの」とだけ言って授業を進める。

着物を馬鹿にされたのだと思って傷ついたが、勘違いだった。

私は副級長に指名された。級長は男の子、副級長は女の子と決まっていた。級長はエンジ色の毛糸をくるんで作った記章を、副級長はエンジ色にところどころ白い毛糸が混ざった記章をつける。着物の襟にその記章をつけて通っているうちに、着物を恥ずかしいとは思わなくなった。

教科の中では唱歌の時間が一番好きで、休み時間にも覚えた歌を友達と歌ったりしていた。特に好きだったのは「赤い鳥小鳥」と「朧月夜」。佐世保に暮らしていながら、歌っているときに浮かんでくるのは島の景色ばかりだった。境内から見た田園の風景。水を張った田んぼが鏡になって、雲を逆さに映していた。

「妙子ちゃん、帰りよると？　おいでおいで、ちょっとおいで」

呼びとめられてついていく。

「田植えダゴがたいそうあるよ。お母さんと一緒にお食べ」

とお団子を里芋の葉に包んで持たせてくれる。お礼を言って急いで帰る。あぜ道を一目散に、母の喜ぶ顔を思い浮かべながら。

今でも唱歌を口ずさむだけで、あの日の光景が目の前に広がる。と言っても、あの辺りは今でもそんなに変わってはいない。そこを通る度、良い眺めだなとしみじみ思う。あの素晴らしい景色を見ていると、逆に唱歌が耳の奥で流れ始める。そしてどういうわけか、感傷的な気持ちにもなる。

父は昇進が叶わなかった。私が小学校を出る頃に軍服を脱いで、郵便局に職を得た。その四年後、大東亜戦争が始まる直前に脳溢血でこの世を去った。何の前触れもなく、ある日突然。退役後の父は前ほど厳しくは無くなっていた。私はそれを痛ましく思っていた。

大村にある師範学校の養成科で教員資格を得て、壱岐島の小学校で教職に就いた。二十三歳のとき、同じ学校に勤めるひとまわり年上の教員と結婚した。夫は過去に一度結婚して、妻と死に別れていた。彼には子供が三人いた。周りには反対されたが、私は譲らなかった。この人より他に無いと思ったから。反動的な気持ちもあったのかもしれない。父は有無を言わさぬ厳しい人だった。夫は物腰が柔らかくて、話が通じる人だった。

茶道を始めたのは三十路を過ぎて。義理の母が薦めてくれた。

「あなたには鎮信流が合ってるかもしれませんよ。武家由来のいさぎよい流派だから」

本当は「自分も嗜んでいるから」という単純な理由だったらしいが、そう外れてもいなかったのではないか。私は鎮信流の茶道にのめり込んだ。教職と子育てを両立させながら、稽古に励んで範師の資格を取った。

以来、範師の立場で六十年。島で茶道を続けている。色々なことがあった、本当に色々なことが。ただ、九十四歳になったいま思い出せるのは、毎週土曜日にほとんど休まず鎮信流を教えてきたということ。唯一の例外は夫を肺癌で失ったときで、何も手につかなくなって、茶道も辞めてしまおうかと思っていた。虚しい日々を送っていたら、島の文化部で交流のある港町の医者から電話が掛かってきた。

「妙子さん、今から来られる？」

「何かご用でしょうか？」

「まあ、いいからおいで」

医者は書斎で掛け軸を広げていた。掛け軸には最初から習字紙が表装してある。そこにはまだ何も書かれていなかった。

「今からこれに書くよ。一発で書かないと。もし気に入ったらあげるから、持ってお帰り」

医者は書家としても知られていた。

「先生、私には勿体無いです」

「いや、いいから。そのかわりこの掛け軸は一発だから、字を間違うかもしれないよ」

医者は笑って筆を手にした。

山花迎客咲
谷鳥避人啼

山の花は客を迎えて咲き、谷の鳥は人を避けて啼く。

家に帰って茶室の床の間に貰ったばかりの掛け軸を飾った。久しぶりに、茶釜を据えた。椀になつめから抹茶を二掻き。湯を注いで茶を点てる。

背筋を伸ばして一服する。

強く。美しく。

板子一枚

六平っていうのは、僕のやりよった店の名前です。そこらへんが厨房で、この辺りがカウンターでした。みんなが僕のことを本当の名前じゃのうて六平、六平って呼ぶんで、もう門名にして。

写真は若い頃から好きではあったです。ところが金がなかったけん、写真機は買えんかったですよ。高いどころじゃない、桁違ったです。ここら辺りで写真の一番ちゅうたら、増本金吾さんちおらしたんです。そん人以前にカメラ持っちょる人はおらんかったでしょう。良いカメラ持っちですねぇ。蛇腹つきのやつで。僕らが五つくらいの時に、写真撮ってもらったのがありますよ。それが、これですね。当時昭和十五年くらいにこれだけの写真撮った人はおらんです。こっちは僕が一番最初に撮った写真ですよ。いや、客船じゃないです。これはアメリカの船。フラッシュボート。

僕らの子供の頃、本土と壱岐島を結ぶ貨客船はいさお丸でしたいね。今んごと車は積めんです。まだディーゼルじゃなくて、焼玉エンジンでした。漁船もそう。エンジンの種類のことです。焼玉エンジン、ディーゼルエンジンちゅうて。焼玉っていうのは、熱であっためて、今度それに発射するわけです。それの続きで焼き炉の冷めないように。ディーゼルは圧縮力で爆発する。ディーゼルは圧力違いますからね。

当時は貨客船は接岸できんで、中間に停泊して、そこまでは伝馬船で。伝馬船のことは、はせけって言いよったですね。木船です。それ乗っていさお丸行って、着けて上がって。またお客さん乗せて。博多まで、いさお丸は六時間くらい。いさお丸の次の大衆丸はディーゼルやった。四時間半くらい。今は一時間で着きますもん。

昔は隣の芦辺までも、伝馬船で行きよったです。まだ橋が掛かっとらんかったから。船頭は年寄りが多かった。僕らは子供の頃から艪押しができるからですね。じっと座っておるわけいかんから、こっちが艪漕ぎしたりしてね。その元締めはのちの漁協長で、村長も勤めなはった里見勝義さんです。

小学校四年のあいなかまでは戦中です。四年の中間からあとは戦後です。だから僕ら小学校三年では戦中教育。手旗信号もモールスも必須科目ですからね。当時、終戦近くなると兵隊さんがここら辺に駐屯しとって、手旗なんかやりよったです。みんなでその兵隊さんの手旗見よって「ああ、間違うた」って言って笑いよった。僕らの方が上手やったですよ。手旗は、僕は本式に作ったの持っとったですもんね。

壱岐島で戦争を感じたのは小学校の四年生の時。戦争の最後の頃ですね。あの山の向こうから戦闘機が来たんですよ。ちょうど僕らは小学校で、空襲警報が出て。そして、さあ逃げろってことで。みんな山に逃げ込んだんです。校舎は危ないけんちゅうて。僕なんか悪い方やけん、どっちかっちゅうと、戦闘機を見てやろう思うて。芋畑の畝のあるでしょ、引っ込んだとこに寝て、芋のツタをかぶって。その時、どうっと飛んできたですもんね。僕が見たのは二機。グラマン戦闘機。

機銃掃射で撃たれた人はいなかったみたいです。追われた人はいたけど。当時、海軍の船が停泊しとったけんですね。そういうのを狙ってでしょう。それとか、筒城に今でいうヘリコプターの隊がおって、当時はオートジャイロっち言いよった。その頃、卵の拠出がありました。そこの兵隊さんの栄養つけるために。それで学校に卵を持っていくわけです。そいでみんな不満持っちょったけんですね、「オートジャイロがなんじゃいろ、たまご食ろうてなんじゃいろ」って言いよったです。表だってやないですよ。そういうことが知れたら大変ですよね。

僕は先生のお家とは結構近いんですよ、付き合いが。というのも、先生んとこの、靖太郎さん、先生のひいおじいさんですね。その時分に靖太郎さんが、この斜向かいにもう一つの診療所っていうか、出張所を持っとって、週に二日ですか、来ておられとった。うちの祖父が靖太郎さんの出張所にしょっちゅう出入りしよったらしいんです。まあ、くだ巻きに行きよったんでしょうね。

靖太郎さんの跡取りということで、あすこん高台に弘樹さんの家がありますよね、それと診療所、あれが建ったのが僕の小学校時分でした。戦時中に建てるっちゅうことで、うちの祖父が関係しとるんです。祖父は漁師でしたけど、その頃学校の役員をしとって。当時、瀬戸小学校の校舎のあいなかが空いとったとですよ。そこに講堂を建てることになって、その材料を製材するときに、一緒に病院の材料も製材したんです。それを差配したとがうちの祖父です。油がいったからですね、製材には。学校の講堂建設っちゅうことで、どうにか油が手に入ったんです。

昭和二十一年に祖父が亡くなるときには、靖太郎先生と弘樹先生、二人で来てくれたとです。そいで「もうダメです」ということで。ところがうちのじいさんも「先生、もう死んでいいけん、一回だけホッと息のつけるようにして下さい」って。息がつけんわけですね、死ぬ間際は。相当、苦しかっとるとでしょう。それが「一回、ホッと息がつけたら」って。「先生が殺したっちゃ言わん」ちゅうて、言うたらしかとですよ。それば、うちの親父が言いよったですもんね。それでそういう注射かなんかあったとでしょう。実際息のつけるようになって。先生帰った後に、コトッと逝きよった。

出張所のあった建物は、そのあと柿本さんがバーをやりよってから、火事になって燃えたです。この辺りは繁華街やった。うちの店、六平でしょ。真向かいにあった喫茶店のリル。隣は太陽っていうスナック。もう全部のうなってしもうたですけど。

ちょっとこの先、五十メートルくらい行ったところに衆楽館って映画館があった。僕らもよう行きよったですよ。芝居もやってました。浪花節とか。家内と一緒に映画を観に行ったこともあるとです。僕が二十七、八の頃まであったっです。そこの衆楽館も思い出のあるとですよ。今の時分は、中学校の文化祭は離島センターの講習会場使ってやることが多いとですね。当時は学校の校舎でやりよったです。在と浦と、別々に。ところが浦がやる時はちょうど漁繁期でね。お客さんが無かったとです。これではみんなせっかく稽古したのにもったいないけんちゅうて、父兄会の会長さんやら校長さんにお願いして、その衆楽館、借りることにしたっです。交渉は僕がやったんですよね。「僕が責任持ちます」言うて。そして劇場を貸してくれるちゅうことで、タダで。夜ですよ、中学校の学芸会を。これもちょっと過去にないことだろうと思うとです。開会の挨拶、後始末まで、僕がやったとです。祭りのごととして、盛り上がったってですよ。

この写真は相撲大会です。からだは痩せとったけど、結構強かったんですよ。思い出があるとです。中学校の、郡の相撲大会の時ですね。個人戦は負けたんです。腹が立ってたまらんじゃった。ところがその後に、ある人が三人抜きと五人抜きと所望したんですよ。それには賞金がついたんです。三百円と五百円。賞金欲しさに、僕はそれやって。両方、獲ったんです。その賞金で修学旅行に行ったんですよ。それまで僕は修学旅行には行かんってことになっとったとです。金が無いけん行かんちゅうて。賞金貰うて、行ったです。

昔は勝本から谷江までしかバスは来よらんかったです。谷江からは歩いてきよった。一斗缶の中に百円札を詰めて。百万円分。それも中学の頃の話です。スルメを買い付ける金です。ところがそのスルメがどこに行ったかっちゅうとですね。中国行っとるとです。密輸ですね。そんな頭の切れる人のおったんです。親父と一緒に福岡に行ってですね、そいで親方に金預かって、ここまで運びよった。ほで船でもバスん中でも、僕は尻の下に一斗缶をずっと敷いとったです。とられちゃいかんから。人から「それなんですか」って言われたら「これ大事なもんです」ちゅうて。つまり百万円に座っとったですよ。当時の百万ですからね。すごい額です。リュックサックあるでしょ。あれにちょうど一斗缶、スポッと入るとです。谷江からは親父がかろうて。下におろしたときは僕が座って。僕は金運ぶところまで。密輸する辺りの仕事は見とらんです。

親方は大林中将って言われとったけど、実際は兵隊の中将じゃないらしいんですよ。特務機関におったらしいです。向こうでですね、中国で。だから向こうと付き合いがあるとです。そいでそこの下におる人も、そういう人たちが多かった。特務のね。特高です。

うちの親父がその親方のとこでお世話になっとったです。大林中将。あの親方は厳しい人やった。親方の家は福岡の大名にありました。今の清川建設があっところです。素晴らしい家やったですよ。便所に畳が敷いてあってびっくりしました。そしてご飯食べるとこは高御膳ですね。それで、親方が僕ば見てから「この子はおじいさんの仕込みだな」っち言われてですね。というのがですね、確かにそういう仕込みを受けとったっですよ。実際、子供ん頃からじいさんに。肘をこう、上げて食べよったらピシャッと叩かれよった。シュロでハエたたき作っちゃっと、それで。そうせんと大勢でご飯食べるときは人様の邪魔になるから。それと、ご飯食べるときはよそ見をするな、自分の茶碗だけみて食べろと。そういう教育を受けよった。結構きつかったですよ。親方が「そのじいさんの教育だな」っち。そいで認めてもらったみたいです。最初に行ったのは、中学一年くらいかな。

親父と一緒に。

大林中将。色々と事業しとったです。スルメの密輸以外にも、サバをですね。マイトでサバを。ドンサバっち言いよったです。ダイナマイト。海中でボンってやって、それでサバをすくい上げて。獲れよったですねえ。そういう時に結局GHQ、福岡の、九州出張所っち言いよったかな。そこの外人さんをそっくり島に連れてきたです。接待して、そのダイナマイトの許可をGHQから取るんです。海で爆発物使うから。その時にここら辺に泊まったんです。何軒かの良かような家に、外人さんを分散して泊めて。十四、五人おったですね。その人たちと結構付き合いよって。彼らが遊ぶ時に、桑光さんとこの屋敷の二階でポーカーやりよった。僕がそれ、カードを重ねたり、分けたりしよったです。外人さんと、ここら辺で一番付き合ったんじゃないかなあ。一週間ぐらい滞在しちょったです。

福岡のGHQ、赤坂門にあったかな。よう行きよったですもんね。親方のところに行った帰りに。そこでタバコをもらって。あとはガムだとか外国のお菓子だとか。それまではそういうもん、口に入ったことないですからねえ。ほらもう、とても美味しかったです。

親父はその親方のとこの船で、鹿児島にカツオ釣りとかも行っとったんです。それで呼子の前あたりで転覆して。遭難したわけですね。船は沈んで。で、通りかかった船に助けてもろうて。そのあと島に戻った時に、網元の桑光さんが「うちに来れんか」ということで。あすこの旦那さんがね、親父に「おい、そろそろちゃんと漁師やらんか」ちゅうて。それから親父はずうっともう、死ぬまで桑光さんとこ。その頃僕も中学を出て、桑光さんとこに親父と一緒に勤めよったとです。これはその頃の写真ですね、ここに立ってるのが親父。

桑光さんは定置網の網元です。定置網は朝八時頃に出ます。一日一回、朝に。九月から十月くらい、カジキマグロが入る頃には夕方にも。ああいうのは刺さって網破ったりするから、それもあって一日二回やっとったです。十六の頃から十五年間、漁しました。二十三で結婚して、二十五からは店も始めました。そのうち店一本にして。

僕はまあ、若い頃は結構悪かったっですよ。ただし刑法には引っかかったことないです。警察に何回か行ったことはありますけどね。そんな時代もありました。嫁もらうときには、嫁の親から「あんな不良には嫁にやれん」ち言われよったとを覚えてますね。家内は諸津。昔は諸津までの道が大変で。細い道しか無かった。男岳山の方からまわると、ある程度の道ができとった。僕が結婚したときは、男岳山の方から迎え行きました。そん時はもう三輪車がおりました。乗用車はなかったです。三輪車雇うて嫁んとこ行って。雨降りやったですね。嫁を三輪車の助手席に乗せて。僕は羽織袴で後ろの荷台に、傘さして。帰って来たらびしょ濡れでした。朝早くに迎えに行ったのに、なかなか帰れんで。雨ん酷くて、ぬかるみでタイヤにチェーン嵌めないかんで。家にはお客さん来とったです。お祝いのお客さん、みんな待ってる。それで家で高砂あげてもらって。

家内と六平って店を始めました。お店は割合に繁盛してね。寿司やら何やら、ちゃんぽんとかも出して。瀬戸浦の人はほとんど付き合いのあったです。ここ六百軒くらいあって、付き合いのなかったのは二、三軒だけでした。いつの間にか、みんな僕のことを六平って呼ぶごとなった。そういえば営業中の店の写真は無いです。忙しかったからかな。

昭和四十四年やったかな、皇太子殿下が壱岐島に来らっしゃった。道が良くなったのはその時ですね。簡易舗装って言って。今の舗装じゃなくて、表面だけ。それが壱岐の舗装の最初です。平成の天皇陛下ですね。陛下のご飯を炊いたとです。壱岐においでになって、どこか農業関係のとこで昼食をね、その弁当。僕の師匠さんらと四人で作って。だからそれだけは自慢で。

魚はですね、昭和四十年代、よう獲れよったですねえ。サンマの大漁で。その時の写真です、すごいでしょう。獲れすぎて、値が下がるどころじゃなくて、もう売れなかったくらい。あとはイワシ。イワシって言っても、小さいやつです。あれをまず煮るでしょ。煮るのは大釜で。それで煮たのを網にのせて、日干しして。棚に何段も網を重ねて。その当時は海岸線の道端にずうっと、竹の棚。干したイワシがバーっと並んどった。

それからブリ。それとイカ。ブリ釣りは朝六時ごろ出る。イカ釣りは夜、夕方の五時くらいに出て、帰ってくるのはそん時々で。遅くて朝方。取れんやったら早めに帰っちくる。

ここ二十年、瀬戸浦は魚がとれんです。漁師はどこも跡取りがおらんし。今は通りも寂れて。昔から有名なのが、そこの那須川さんですね。それから桑光、定置網やってましたからね。権利持ってましたから。あとはこの先の住野さんか。ところが、そういう大店の跡取りもおらんようになって。

まわりから町会議員になるごとすすめられたとです。みんなが応援してくれたです。選挙では本名の白川典彦でも、「六平」でも通ったです。僕の店の名前ね、六平。投票用紙に「六平」でも一票。選管が認めたとです。門名ということで。それで議員になって。例えばこの裏手の、擁壁工事。これなんか僕がやっとっとです。これは絶対やっとったがいいちゅうて。

議員になってしばらくしてから、保護司になったっです。そのとき上担任に「あんたが保護される立場でしょ」って言われたとです。忘れもせんですよ。だいたいは仮釈放で早う出て来た人の保護観察をするとです。満期の期間くらいまで。この人は大丈夫っていう時は、そういう意見を書いて、それを監察官に出すんです。監察官が意見書を見て判断して、早う終わることもあります。悪か人も、人生やり直してほしかですけんね。やり直しちゅうとは、出来るとですよ。

色々やっとるでしょ。他には消防団。あれは何年前やったですかね。三十年くらい前か。福岡の、大名の小学校から清石浜に子供が来とって、風のあるのに泳ぎに行ったんです。泳いだらダメだから波際だけで遊ぶということで遊んどって、でも泳ぎに行った男の子がおって、波取られて。父親が助けに行ったら、これが泳ぎきらんで。結局、男の子と親と先生と、三人流されとっとです。

清石浜では前に人命救助で何人か亡くなっとるです。うちの親父たちの年代、明治の時代に一人。僕が十代の時にもう一人。その人は頑強な体しとったけどね。人ば助けて、それで自分は力尽きて亡くなっとる。学校の先生で、やっぱ生徒を助けて。自分は助からんで。あそこに大きな石碑が立っとる。

あの時は、自分は消防団長をしとったってですよ。役場に用件のあって、ちょうど行っとったってですよね。そしたら、人が流されたって。役場からすぐ駆けつけて。見たらもう沖の方に流れていっとったです。白波が立って、結構シケとった。どうしようかなと思うたけど、誰もおらんしですね。「救命胴衣あるか」って言うたら「あります」ちゅうて。救命胴衣もらって。ちょうど役場の職員の、若い子のおって「お前、泳ぎきるか」つったら「はい」って言うけ。「ほんなら一緒に来るか」つったら「はい行きます」って。

そいで二人で泳いで。その子は高校卒業して、役場に入ったばっかりの年よ。ところが、僕が救命胴衣をかろうて引っ張りよったら、その子が捕まったままで、はずさんとですよ。救助どころじゃない。テトラポットの防波堤のあって、今度はそこに行こうとしだしたとです。それは一番危ないことだから「やめろ」っち言うけど、もう、焦って行こうとするけんですね。その子を捕まえて、救命胴衣持たせて、それで沖の方に泳いで。流されとった三人のとこまで行って、子供にブイを持たせて。「救助船の来るまで沖さ行こう」って言って。船の出るのはわかっちょったです。自分で連絡して「間違いなく船出ます」って言うから、それで助けに行こうってことにしましたけん。でなかったら行っとらんけんですね。船やないと絶対助からんです。あそこは地には帰れんですから。引き潮で。昔の二人がそうです。帰れない。だからもう、絶対、行ったら沖に。

救助船が来た時に、一番先に役場の子ば乗せて、それからあとの三人を乗せたっです。自分が最後に上がって。僕は血で真っ赤になっとった。船にあたって傷をおって。それだけシケとったです。船に上がったら、親父さんの方は気失いかけてガボッとしとって、僕が「なにかー」って言ってピャーッと頰をぶってですね。気づかせて。そのましとったらもう気絶して、それっきりになりますけ。男の子の方は、まあ大丈夫やったです。

大変だったですよ。命がけも、わかりきっとったし。陸の方見たらいっぱい人がおった。すごい人ですよ。みんな見とった。消防署にはフロッグマンちゅうて、海に入るとがおるとですけどね。ブイつけて泳ぐ奴が。それが来んのですよ。と言うのも、ちょうどその時にもう一人子供がいないちゅうことで、探しよったらしい。その、もう一人の子が死んだんですよ。流された子じゃのうて。それの捜索だったんです。僕は死ぬ目にあいよるのに、来んでしょう？　そして船が港についても誰もおらんとですよね。一人おった消防士に「なんしよっとか」って言って「すぐ毛布ば持ってこい」ちゅうて。近所の家に毛布借りにやって、子供たちを毛布で包んで。こっちに来るようになっとんのに、消防隊がおらん。あとで聞いたら、そのもう一人の子供のことをやりよって、人手が足りんかったということで。まあ、そうして救助したっです。

警察署から人命救助の表彰受けたです。命がけでやりました。僕は漁師やったでしょ。船に乗っとったから、若い頃から救助はようやりよったです。何回も。遭難があると、縄で体くくってすぐ行きよったです。

逆にね、僕が救助されたこともあるとです。恥ずかしい話やけど。一昨年のことです。自動車に乗っとって、中学生の孫を助手席に乗せて、自分ちの前、そこの海岸があるでしょう、バックしよって、そんまま海に落ちたんです。車ごと。ちょうどそこに田辺さんていう、海に潜るのが上手な人が通りがかって。鉄工所ん人です。消防団員しよって百九十センチくらいある大きい人。四十歳前後ですか。田辺さんが飛び込んで、まず孫ば先に助けてくれて。次に僕。ありがたかったです。田辺さんてなサーファーで、普段、清石浜で波乗りしよっとです。清石浜は、僕が子供を救助した浜ですけんね。

何か、不思議を感じるとですよ。

水平線

坂口氏は大正十年生まれの九十六歳。壱岐島の東部、八幡半島の一画に住んでいる。昭和十四年に十九歳で陸軍入隊。中国に出征し、終戦後は青島から帰還した。

当時のことを振り返りながら、氏は何度も口にした。

「それでも戦地で亡くなった人からみたら幸せと思いました」

貧しい農家の次男であった坂口氏は尋常小学校入学と同時に叔母の家に養子に出された。卒後は郵便局に勤めていたが、安月給が嫌で軍人の道を選ぶことにした。平壌の部隊に配属され、そこで軍事教練を受けた。ソ連軍との戦闘を想定した厳しい訓練で、初日に早速「道を誤ったな」と後悔した。結局、平壌駐留中に日ソ間の衝突は起きなかった。一旦帰国して福岡の連隊に配属となり、目的地を知らされぬまま戦地に向かう船に乗り込んだ。上層部は情報を秘匿する。中隊長クラスでも行先を知らなかった。船は釜山港に着岸した。北京まで汽車に乗って、そこから西に向かって進軍した。

昭和二十年八月、終戦の知らせは山東省で聞いた。しかし部隊は翌二十一年の五月まで戦い続けた。国民党軍に武装解除を受ければ穏便に済ませてもらえるが、共産党軍に解除されたら悲惨なことになる、と言われていた。真偽のほどは定かではなかったが、生き残りをかけて共産党軍に抵抗し、南に下って国民党軍に武装解除を受けた。それから引き揚げ船に乗るために、徒歩で青島を目指した。道すがら中国人に荷物を取られた。食べ物も、飲み水さえも無く、衰弱して絶命した仲間もいた。木の枝を拾って亡骸を燃やした。全身の遺骨は運べないから、手の骨だけを飯盒に入れて持って帰ろうとした。ところがそれも食べ物に間違えられて、抵抗虚しく奪われてしまった。

途中から鉄道や鉱山関係の民間邦人が合流した。道路脇で出産して、嬰児を遺棄した女がいた。咎める者はいなかった。誰もが皆、生きて帰ることだけを願っていた。命からがら歩き続け、どうにか青島に到着した。惨めで過酷な道のりだった。

「それでも戦地で亡くなった人からみたら幸せと思いました」

青島では収容所に入れられた。コークス炉が収容所として使われていて、そこで乗船の順番を待ち続けなければならなかった。まともな食事は支給されなかった。水が飲める日はまだ良かった。何ヶ月か収容所にいて、やっと順番がまわってきた。その頃には栄養失調で目が見えなくなっていた。そういう人が他に何人もいた。

船の中では三食、麦を食べさせてもらった。そのうちに視力が戻ってきた。甲板からぼやけた水平線を目にしたとき、自分は生き延びたのだと実感した。船は佐世保に着いた。そこで検疫を受けて、貨車に乗って福岡に向かう。福岡の街は見る影も無かった。空襲で焼けて、ただの更地になっていた。

ようやく島に辿り着くと、従兄弟が港に迎えに来ていた。そこで初めて兄が戦死していることを知った。重慶に出征していた弟は生きて帰った。家には夫を失った兄嫁と三歳になったばかりの姪がいた。その義姉も貧農の出で、実家に帰っても居場所は無い。残された兄弟のどちらかが、義姉と姪を引き取らなければならなかった。戦前、小学校の教員をしていた弟に「教員の仕事を続けさせてくれ」と懇願された。自分が家督を継ぐ以外に選択肢は無かった。籍を叔母の家から実家に戻して、義姉と契りを交わした。互いに嫌々、仕方なく。

「それでも戦地で亡くなった人からみたら幸せと思いました」

半農半漁で生計を立てた。夫婦仲は案外うまく行って、四人の子を授かった。

生きて帰った部隊の仲間と時々、戦友会を催した。戦友会では飲むでも食べるでもなく、ただ延々と戦時中の話をする。「どんなに憐れな日々であったか」と。「とはいえ、私たちは生きて帰ったからまだ良かった」と。食べたいものも食べないで死んで行った仲間を皆で悼んだ。戦後七十年、戦友会のメンバーもほとんどが天に召されてしまった。坂口氏自身、昨年の九月に脳梗塞を患った。軽い麻痺が残ったが、リハビリで随分良くなっている。さすがに畑と漁は引退した。

「今はただ、日は暮れ夜は明け、です」

大樹

親父は漁師ですけど、足ん切れちょったです。左足のつけ根んとこから。船の機械で怪我して。自分の船じゃ無かと。よそん人のエンジンの故障づいち「修理来ちくれんか」っち言われて見に行ったたっち。そいぢバカーンっち、ピンでやっとる。昔は焼玉エンジンっち言って、フライホイルのあるですたいね。ホイルにはピンちゅうて引っ張るとのあって。それを動かしてエンジンかけよった。そのピンがたまに、引っ込まんときがある。遠心力で、出たままで。そのピンで足ば叩かれちょっと。そっで片足、切断ですた。それからはもう、漁もでけんとですたい。

親父は樋ノ口にこまか家、持っちょったけん、そこで米やら何やらで商いしよったってす。母が荷手を担いで、田舎まわりしよらした。そっで魚売りよらしたっです。遠くは湯本の方まで行きよったっち。歩いて、山越えて。親父ん商いちゅうても、実際は母の稼ぎですたい。

六平とは同い年。六平は大将じゃったですもん。悪さばっかしよったですねえ。遊びよったなあ。あの樋ノ口のとこにうなぎんおっですた。うなぎ捕まえたり。あるときは二番樋のところで、うなぎおると思って捕まえよったらですね。ガニから挟まれちょってですた。毛の生えた大きぃガニがおって。昔はうなぎもガニも、捨てるごとおったです。

当時、遊びごとちゅうたら竹馬、独楽まわし、ビー玉。ビー玉も、本当のビー玉は無かったですけんね、ムクロウの実があってでしょうが。あれば剥いてからやりよった。それからカチ。メンコのことです。互いんカチを賭けて、勝ったら取るとです。良いカチ持っとる奴がおるとですよねえ。武者の絵、描いたのとやら。カチん下にロウソクの蝋ば付けちょったっですよ。打ったたっちひっくり返らんように。

竹馬は、あの石垣に腰掛けて乗りよったですもんね。三メーターくらいの高さの竹馬。休むときは屋根に腰掛けよったっですよ。物干し竿で作りよった。今のように金属の物干し竿はなかったんですよね。竹の物干し竿。あと、七夕さんの竹。あれが一番良いちゅうて。上手にやりよったもんなあ。絶対、転ばんです。度胸試しで、竹馬乗っち立ったまま、右手離して、左足離して、右手で左足の裏ばタッタッタッち叩くとですた。最初は一生懸命でやっと一回叩いて。慣れてきちからは十回くらい叩きよった。屋根ん高さですけんね、落っこちたら大変です。

あとはメジロ獲りとか。種メジロち、一羽を箱に入れて木の上に置いちょくとですた。

そこのまわりん木の枝にゃ、鳥モチ付けちょっとですた。近づいち来たのが鳥モチついて、ぶら下がっとるとを獲りよったなあ。はよせんと、逃げられしまうけん。よう、そえんな遊びばしよった。

伊丹先生はいい先生じゃったなあ。小学校の二年生の頃の担任です。伊丹善重先生。もうおじいちゃんじゃった。先生方は生徒に集合かくるとき「集まれー」っちおらぶでしょ。ばって伊丹先生はおじいちゃんじゃったもんじゃけん、おらぶともでけんで、集まれん合図はピピピーッち笛吹いちょらした。そいで子供たちはみんな「伊丹先生ぇ、ニィ年よ、ピーィピーィ」ち歌って笑いよった。ばって、みんな好いとったとよ。当時は戦争中でしたけんね。ゲートル、あれ巻いち来よらしたな。うちの親も伊丹先生から習うちょるとじゃけん。もう白髪頭じゃったもんな。貫禄のある先生じゃったな。

家は谷江橋の上ん方やったろう。あの当時は綿羊っち言いよったけど、羊ば飼うちょらした。それ学校に持ってきとっとです。生徒に「草あげれ」っちゅうて、みんなで羊に草あげて。そして学校に畑があったとですよね。その畑のための肥汲みも生徒にさせよって。学校のトイレで肥汲み。生徒に羊のことやら畑のことやら教えよったっです。よう考えたら、教育しよらしたっです。ええ教育しよらしたなあ。

今でん覚えちょう。伊丹先生のな、教えさしたことのなあ。「お前たちゃねえ」っち。「泥棒が入ったら、ここん家はしっかりしちょっとか、しっかりしちょらんとか、何で見ると思うちょるか?」っち言わしたつば。「箪笥ん引き出しば見るとぞ。引き出しから服んハミ出ちょろうが。そしたらこん家はどがんとでん、持っち帰られるち。すぐそこば見分くると」っち、泥棒は。そいで、私は今でん、箪笥から服んハミ出したこつは無かよ。ちゃんとこう、閉めちょかんと。あの人はやっぱ良か先生じゃったなあ。

その次に習うたのが、掛川中啓先生。三年生のときの担任です。二十歳くらいやったな。若かった。あの先生は厳しかったですよ。竹の細く切ったの持っちょって、それでバシっち気合い入れよらした。痛かったよ。手旗を仕込まれました。戦争中やったけんですね。今でも覚えちょる。は・や・く・こ・い、とか。そして先生は戦争に取られて行ったっですよ。「俺が死んだときは、靖国神社に帰ってくる」っち。そんあと、本土から沖縄に渡る途中でやられちょっとなあ。

三年と四年で喧嘩したつは、まだ掛川先生がおる頃じゃった。昼休みやったか、一級上の四年の連中が木銃持って暴れっこしとった。そいで三年の教室入ってきて、いらんことちょっかい出してきて、小競り合いの始まって。こっちは六平が親分たあな。あっちが大将は板屋の祐ちゃんじゃった。三年と四年の喧嘩になったところば掛川先生に見つかってしもうて。そしたら先生が「互いに向かい合って並べ」っち。「制裁じゃ。互い、叩きあえ」っち。今やったら、先生、首やな。

三年と四年、向かい合わせに並ばせられて、五発ずつ。お互い、軽く五発ずつやった奴もおれば、力任せにやった奴もおる。私は誰とやったかなあ。油屋の辰ちゃんじゃったかなあ。私は軽く、向こうも軽く。ばって、六平は大将同士やったけんですね。六平と祐ちゃんな、ボコボコです。あれは思い出やなあ。忘るるもんじゃろか。そして大将同士は、学校あがってからも一番仲よかったですよ。板屋の祐ちゃん、今年亡くなったな。祐ちゃん家の居間に、ここん港の写真が飾ってあった。あの港の写真は、六平が撮った写真じゃった。六平の家でそれ見て、祐ちゃんが欲しいっち言ったけん、引き伸ばしてあげたとっち。

中学校んときの思い出は、やっぱり自分たちで校舎を作ったこと。諸津の兵隊の官舎あったでしょうが。それを使ったっです。諸津から、官舎をバラした材料積んで車力で運んで。生徒でやりました。大変な道でした。山ん中、右行ったり左行ったり。棟上げもなんも生徒で。相撲の土俵も自分たちで作ったっです。

あと覚えとるとは、学芸会ですなあ。中学三年のとき、劇場借り切って夜にやったんですよ。見物客のいっきょい集まっとった。私は無言劇をやりました。他のもんは舞踊とかな、歌とかやって。無言劇がトリやったなあ。私は寺の小僧の役。六平が和尚の役で、ちゃんと衣装着て。上からコブな、コブっちゃクモのことですた。ちゃんと作りもんのコブ用意して。上から紐で吊ったコブが頭の上に落ちてきて、修行しよる最中に、頭にコブがのっち。そういう台本で、笑かしてね。よお笑かしたばな。

中学の修学旅行は博多の崇福寺やったな。米持っち行って、自炊やった。八幡の製鉄所を見て、そのあと下関行って大洋漁業の冷蔵庫。そこで初めて冷凍したものを見たわけです。中学校出て、私は一年ぐらい家におりました。卒業した後、どうしようかこうしようか迷いよったっですよ。修学旅行で本土に行って、世の中、広かなあっち思うたし。ばって親父が足失うちょるけん、そばにおらにゃとも思うたし。そしたら雇いこらしたっですね。「お菓子屋の修行せんか」ちゅうち。親父に訊いたら「行け」っち言うけん。親父んこと思えば行きとうなかったんですけどねえ。私も、しょうんなしに行ったっですよ。菓子屋は勝本やったけん、布団ばかろうち、歩いて。当時は車はおらんかった。おたくのおじいちゃんがですね、バイク初めち買わした頃ですよ。当時は先生じゃろ、吉浦さんじゃろ、そいから芝久やろ、あとは誰じゃったかな。四台だけ。バイクが珍しかったけん、先生が通るときな、もう走って見に行きよったですもん。

勝本の馬場先ちゅう辺り。今、ふくや荘が、前はふくやっちゅうお菓子屋じゃったです。生菓子から何から、色々です。焼き菓子、それに饅頭。和菓子ですよ。そのふくや荘っち民宿んあってですよ。修行は大変じゃったですねえ。私が一番弟子じゃもんな。その次に来たつが、川田とか。まあ四、五人来た。初めそげんでんなかったとが、店ば大きくしよっときで、職人さんも何人も雇わしたもんな。

朝は五時から。豆、炊かないかんとですたい。白豆と小豆と、二通り炊いてですね。こしたとを絞っち、アンコ練りですた。このアンコ練りが、やおいかんとですよ。私たち弟子は昼までアンコ練りしよったです。職人さんのおらすけん「こんくらいで良かですか」っちゅうち、見ちもろうて。「ああ上等」っちゅうち言わしたら、冷やしち、あとはお菓子作らすとですたい。午後は今度、お菓子の手伝いですたい。釜取りちゅうち、釜ん中に菓子入れて焼いて。栗饅頭とか。かすまきとか。夜は九時までやるとです。

寝泊まりは別にあったっです。若手の寝るところが。はよう終わった日は勝本ん街に出て遊び行きよったですたい。酒屋に行って角打ちしたり。原田酒屋もあったし、それから下条酒屋があった、殿川酒屋もあったなあ。店ん横にテーブルがあって、そこで一杯飲まるるごと。それぞれん店で酒を作りよると。蔦乃寿とか、福椿とか。でもどっこも、我がんとこでは作らんごとなってしもうたなあ。

休みん日は家に帰りよった。自転車で。結構かかるとよ。瀬戸には角ノ屋っちゅう女郎屋があった。私はね、角ノ屋の旦那にがられよったつ。角ノ屋に遊びに行きよったら、そこの旦那さんから「お前ん来るとこや無か」っち、怒られよったっです。うちの親父が足ん切れちょるでしょうが。「父親が苦労しとるとに息子んお前がそげんして遊んじょったらいかん」ちゅうとです。もう、何遍行ったたって駄目。

女郎屋は高かったけんですねえ。昔はこぇん言いよったろうが。「見ぃる見ぃるぅ三百円、触る触るぅ五百円、入ぃれてぇ持ち上げたぁら千と五百円、コケッコーがぁ鳴ぁくまでぇはぁ三千と五百円」ち。そげん歌いよった。実際、そんくらいじゃったよ。

まあ、そうやって家ん帰ったり瀬戸で遊んだりしち、朝早う仕事に間に合うごつ自転車で帰るとですた。アンコ作りのために。職人さんな、別に厳しゅうは無かつ。「我がで覚えれ」ちゅうばっかしですたい。「俺がすることば見ち覚えれ」って。

修行はだいたい三年でよかっです。そのあと一年間はお礼ちゅうち、ふくやでやりよったですたいね。それから芦辺に来たかな。芦辺の浜屋に。今、洋菓子屋になっとるとこ。洋菓子やりよる人の先代が、そん頃、郵便局上がりじゃったっですた。「今度はお菓子屋する」ちゅうち。「職人の足りんけん」ちゅうち、私がそこに行ったとです。当時は和菓子屋じゃった。店の二階に住み込みで。浜屋には二年ぐらいかな。それから今度は郷ノ浦の菓子屋に。そこも二年ばかりおったよ。

遊びっちゅうたら、そりゃあ、お姉ちゃんやらかし。祭りとか、演芸会とかでな。青年団で、演芸会ちゅうて催しをやるとですよ。まあ、学芸会の大人版みたいなやつ。昔は演芸会が男と女の出会いの場みたいなもんやった。芦辺の演芸会とか瀬戸の演芸会とか、地区ごとでやりよるとに遊びに行くとです。演芸会は夜の七時ぐらいから。外に桟敷かけて舞台作って。ちょっとお洒落してな。日本舞踊もあるし、歌もあるし、劇もあるし。見物に行って、帰りがけに「一緒帰ろうか」ちゅうち、手を引っ張っち帰ったりしよったばな。結構楽しかったなあ。

二十五歳の時に家に帰っちきて、自分で店出した。その時分な、いっきょい売れよった。お祝いちゅうても、供養でもですね、昔はお菓子使わな通らんごたったけん。のぼり祝いとか。のぼり祝いは、赤と黒の鯉ば菓子細工で作ってですね。

店開いて一年ぐらいして結婚したつ。向こうのおじいちゃんが、私の店にお菓子ば頼ましたつ。ほいで「嫁さん貰わんで」っち言わしたごたったなあ。ほいなら、逢うちみろうかっちゅうことになったっですた。逢ってみたら、その孫娘、上等ですけん。向こうが二十一歳じゃったなあ。五つ歳下。五月五日に結婚したっです。こどもの日に、大人になったつ。

漁は三十歳くらいから。奥さんが菓子の仕事覚えて、それくらいから。漁覚えるとも苦労したな。山当てとか。漁場の当たりをつけるとに、山を見るとです。あん山とこん山と、こう重なるように見えるところがちょうど漁場って。その山の位置関係で、次の日も同じ漁場に来れる。下に海底の瀬があるんですね。岩のこっち側か、あっち側か、それくらいまで正確にわかるようになる。今のもんはＧＰＳがあるけん。数字ば打ち込んじょけば、行けるけんさ。そしち、行ったら今度は魚探のあるけん、魚のおるとこの深さまで分かっとです。昔はそんなもん、無いけんですね。最初は小さい船から始めて。だんだん船大きくして、漁の方を主にするようになった。お菓子もやりよったけど、その頃は下火になっとって。賞味期限の何のっち言うけんさ。どうしようもなかもん。まあ、奥さんがそれでも店やりよって。六十過ぎくらいまでやって、店は閉めた。

釣るのはやっぱブリがいいね。ブリは釣ったときのねじみが何とも言えん。ねじみっちゃ、手応えのことですた。あんま金にはならん。ブリは安か。一年中ブリを追いかけてじゃ生活でけんです。イカとか、釣らな。今の時分なイサキが美味いな。

今でも漁出よっとよ。漁出る時は、朝の五時。手元が見えんくらいから行って、手元が見え出す頃にはもう始まっちょる。五時前に出らんな食わん。夜が明けると潮の流れが変わって来るし。今の船は四トン。一人でやりよるよ。金比羅丸。こん島の船ん名前は恵比須丸と金比羅丸が多いな。やっぱ漁の神様ですから。四国の金比羅山、みんな参るもんなあ。お参り行くとですた。私は三べんばか行った。

子供は四人。でもそん前に、上から二人、亡くならした。二人とも男ん子。一番初めんとは死産じゃっちょると。死んで出てきた。二人目は三日生きて、その間は病院におったもんな。死産やったら名前いらんたいな。ばって二番目んときは名前つけて届けんといかんかった。世の中でな、死んだ子の名前つけるほど難しかことは無か。死んだっち聞いて、病院に行くまで思いつけんで。病院の前に大きな木があってでしょう。それ見て「たいき」っち、大きい樹と書いて「大樹」っちつけたっです。これは私しか知らん。誰にも言っちょらん。二人目じゃったけん、嫁さんな、落ち込んじょった。ばって、そのあとの四人は元気に育ちました。嫁さんとは仲良しですよ。まあ、あっちが堪えてくれよらすとですよ。

こげんしちみたら、色々あったなあ。

石垣

親父が石屋で、田んぼもしよった。

そっで親父ん石屋、やらせてもらうごとしたっです。手伝いして、まず第一は自分でノミさするですたいね。石を彫ると。シャッシャッシャッち。こん、金槌の上げ具合が難しかと。綺麗に叩かなでけん。下手したら我がに来るとじゃけん。石のかけらん跳ねて、顔に当たって。そういう人んおるでしょ。石屋ん中には、石の当たって、鼻がこえん引っ込んじょる人んおる。

あんたんとこの旧病院の石垣、あれ積んだですよ。十六、七の頃じゃったろう。まだ戦中ですたい。向こうにですね、前山っちあって、そこん石を運ぶと。ちぃっと、やおてん石ば使うとですたい。そうせな、飛び出たとや凹凸のあるとの直せんけえ。師匠あたりで一律二分半。二分半で、石を綺麗にする。運ぶのは車力ですたい。繋いでさるけよっでしょが。そしたら要塞司令部の大尉、向こうん方から馬で来ござると。そん時は止まって、敬礼しちな。

戦争ん終わって、忙しく働きよった。あすこん、芦辺の集落ですた、あれもやった。石垣、積んだっですたい。働いた金はね、昔は一銭たりとも親にあげっしまうと。そして小遣い銭、もらうわけ。

こん指は石で。親方と石を抱えろうしよったったたい。ところが、私が手ば入るうか入れんかしよっとに、親方ん早よ抱えて、ゴチッち石ん落ちて。こん指が潰れたっです。そしてあんたんとこの病院に行っち、弘樹先生の「どうするか？　まだやんなら、これ一回、骨まで剥がなでけん」って。身をこう、剥がなでけんて。「先生、頼んます」言うた。で、やってもろうて。そん時分な、痺れちあんま痛みん無かったもんな。おかげで今でん指が動くとですよ。

田んぼも、親父と一緒にしよった。五月た。田植えん終わったら、安堵しちな、浜で焼酎飲みよった。そこん浜で。田植え上がりに。あの時分は、楽しかったとは楽しかったな。「アーイヤーサーノ～」っち歌って。タン、タン、タンタカタン、っち太鼓叩いちな。飲んで。今はもう、機械でなあ。

そうやね、他に楽しみんごとは、衆楽館に行って時代劇ん映画、観よったよ。切符代の無かったもんじゃけん、しゃがんでこっそり入りよった。あすこは風ん入っち来ると。幕が風で揺れち、侍の顔も揺れよった。

あと遊びちゅうたら夏、泳ぎん他は覚えん無か。今の人は艪も押せんめえ。艪舟で行って、裸泳ぎで潜りよった。あの時分な、サザエでんウニでん、ボロボロおって。ばって海で生活しとる人たちんおるけん、そげんは獲られん。

私たちと漁師やったら、漁師の方がどうしてん気性の荒っちょる。私たちなんて「田舎もん」っち言われてな。「なんち言いよるけえ」っち。そいけん、お盆あたりな喧嘩の始まりよったなあ。お盆で、祭りのありよって。浴衣着ちな、こうして袖まくっち。場所は今の川添ストアの辺りたい。履物は下駄やけんなあ。ガラガラやって。向こうが「ヨイッ」ち言って。こっちが「何けえ」っちゃ。そいで喧嘩。芦辺ん町行くときには必ず切れもん持っち行かな。昔の刀ですたいね、あれば叩き切っち、短刀にしち、持っちょっとたい。

そん頃は魚んよう獲れよったけん。こりゃ漁師の方が良かばいと思って。石屋やめて、桑光の大敷で働いて。大敷網のね、一号、二号、三号っちあって。本当に、よう獲れよった。網あげち、あんまり掛かっとるもんで、こんな手のつかんとですた。嘘んごと儲かったよ。

キッスちゅうとは、終戦後、流行ったっちゃけえねえ。晩には踊りよったですねえ。女ん腰、手やっち。キッスしち。結構楽しかったよ。島には無かったなあ。博多ん、東中洲あたり行かな。博多ん彼女、山崎マツエさん、そんおなごと一緒に寝よったばってな。東中洲三丁目やったかなあ。月に一回は行きよった。漁で金ん持っちょったしな。勝本から出よる船で行きよった。そん人は芸者やった。三味線ば抱えてござったもんな。

ばってやっぱり私は浦の者やのうて、結局は在の者やけん。漁師とは気性の違うとった。漁は博打のごとあるですたいね。そいで桑光さんとこ、お暇して。また田んぼやって、石積んでな。結婚は見合いですたいな。そん時分は恋愛じゃなかったもん。そいけん仲人立てち。この人が良かろうちゅうとばお願いして。子は二人。

よう働いた。青島公園の石垣も全部やった。石垣は結構良かよ。積み上げちいくとがね。そいが世の中コンクリばっかりになってな。もう石やったっち、どっこもコンクリですけんね。雇う人もおらんくなった。そいで辞めた。

今は老健でも行きよります。

前山行ったら、削り出しの石ん残っちょるよ。

ノミでな、シャッシャッシャッシャッち。今ん人はしきらんもん。

薬瓶

一番覚えとるとは、諸津から小学校までの道ですね。これが狭うしてですねえ。坂道ある、曲がっちょる、雨降ったらもう大変。おまけに貧乏やったけん、裸足です。

年寄りのばあさんが胸ん病気んひどくて、学校の行きがけに薬取りに行きよった。私が薬取りに行く役目やったっです。それで難儀した。勉強も何も、習い損ねましたよ。あんたんとこの、ひいおじいさんのやりよった三軒茶屋の病院まで、しょっちゅう行きよった。こんな瓶ですもんね、昔ん薬は。それと粉薬と。まず病院まで山ん中を二時間歩いて。先生んとこは患者さんの多かでしょうが。それで持っちきた空の薬瓶置いて、学校に行くとですた。もう昼くらいやけん、勉強になりゃせん。そしてまた薬瓶のできたときに、取りにいかなでけんとですたい。学校早引けして病院に取りに行くとです。ばって、また患者さんばっかりで、順番のこんとくれらっしゃれん。それから家に帰りよった。

今の道路は寂しゅうないけど、昔は寂しゅうてねえ。諸津までは人間の歩くしこ、畳幅くらいの狭い道しか無かったっです。日の暮れて、泣いち帰るときもあったですよ。夜、山ん中に一人でおったら本当、寂しゅうて。怖いちゅうとはまた違うですた。なんや、ここに一人でおるち、我がだけ一人っきりでおるとなあ、ちゅうち思うとですた。

おばあさんの後は親父の具合が悪なって、結局父が亡くなるまで、病院に薬取りに行くのが続きました。親父は私が二十五歳のときに亡くなりました。

尋常小学校ば出たあとは農業しよったです。麦と大豆。あと野菜やらスイカやら。道の悪かったけん、瀬戸まで売りに持っち行くとの一苦労やったです。上がったり下がったり、山ば回ったりしたもんですけんねえ。親父が病気になって、私が長男ですけん。弟どもや妹どもや、下に七人おって、責任があるけんですね。

小さい艪押しの船で漁にも出よったっです。漁は冬が多かですね。だいたい十一月頃から、三、四月まで。艪押し船のときは、ほとんどスルメイカ。漁は夜です。昼が百姓ですたい。暗釣りです。夜七時ごろ出て、帰っちくるとは十一時ごろ。一人でね。親子おる人は二人でやる。この辺りの人は全部、半農半漁です。イカはワタ出して、紐に掛けて干すんです。そういうのはあくる日にします。女もかたって、昼までかかる。それから畑です。冬の間は野菜ぐらいです。麦は二月のしまいごろ植えて、収穫は五月。大豆ん収穫は六月か。

私は若い頃から潜りもしよったっですたい。アワビとかサザエ。五尋、六尋潜って。素潜りです。冬は寒いですけんね、潜るとは夏だけ。今ん人は、スポンジ着て潜りよる。

大東亜戦争の始まりは昭和十六年じゃってしょうが。私が学校卒業した年ですもんね。開戦の年、海軍が来て「兵舎ば建てるから、この土地は取り上げる」って。そいで、さっき見ちもろうた見晴らしんよかとこ、ずうっとあの奥の辺りまで、うちの畑と田んぼは軍に取り上げられしもたっですたい。兵隊が使うから、没収するち。仕方ないです。あん時分な戦争に勝つか負けるかって、そいで全然余裕なかったっですば。まあ、他の土地も持っちょったですけえね。食べるしこはありました。コンクリの給水塔や、兵舎の基礎んとこ、畑の邪魔になっとるとばって、役所にかけおうても撤去してくれさっさんとなあ。そって、あげんしてまだ残っとる。

結婚な二十六歳。恥ずかしかばってん、相手はいとこですた。昔は、お前とお前と一緒になれちゅうて。自分でこの人が良かち言うとは無かったっですた。それで、いとこ同士で結婚して。

七十歳のとき、大きいイカ釣り漁船に後ろから追突されて、我が船は沈みました。こっちは小さい船ですけん。あっちの船長が居眠りしよっちですねえ。私は潜りをやっとったけん、どうにか命拾いしました。私は海の中で、目開けれるですもんなあ。船が沈んで、漁はしまい。

八十九歳になりますが、近くに同い年の男はもうおらんで、私一人です。女はここらに三人おるばってか。こまかとき、よう歩きよったでしょうが。あれが運動になったっでしょうかね。なんか分からんですばって、おかげさんで今でん畑に出よります。よう歩きよった。本当、よう歩いた。三十年前に、やっと道路ができました。他んとこ行くとに、今はだいぶん短かですもん。

まあ、昔よう頑張ったけん、こげんして長う生きとうとでしょうたい。

ジュニアパイロット

博多から壱岐島まではフェリーで二時間半。高速船だと一時間で着く。以前は飛行機も飛んでいたが、不採算で空路は潰えた。

はじめて一人で飛行機に乗ったのは、たしか七歳の夏だった。夏休みを島の祖父母のもとで過ごすために、兄と二人で乗る予定が、何かの理由で私だけになった。福岡空港の搭乗口まで母に送ってもらい、乗務員に手を引かれてプロペラ機に乗り込んだ。胸には「ジュニアパイロット」と記された飛行機型のバッジをつけてもらっていた。保護者を伴わずに搭乗する児童のために、航空会社が用意したバッジのようだった。

二十分足らずの飛行時間で、離陸したと思ったらすぐに下降が始まった。到着口で叔母に引き渡される、そういう段取りのはずだった。何の行き違いか、気づけば私は島の空港の到着ロビーに一人で取り残されていた。叔母の姿は見当たらなかった。人見知りして、空港の職員に助けを求めることもできなかった。いま思えばひどい話だ。バッジは何の役にも立たなかった。

途方に暮れて、ロビーに突っ立って外を眺めていた。ロビーの駐車場側はガラス張りで、西陽が射して眩しかった。目を細めて光の向こうを見つめた。振り返ると、床に長い影がのびている。私は光と影の間に立っていた。

＊

去年、初めて文芸誌に短編が載った。壱岐島と祖父母の思い出を題材にした短編小説だった。物書きを志すようになって六年目で、ようやく原稿が活字になった。反応は様々で、褒めてくれる人もいれば「どうかな」と首を傾げる人もいた。「鋭さが足りないんじゃないか」と。鋭さについて、そのとき結構考えた。

雑誌の発売から一ヶ月後のある日、地元に住む重鎮の文筆家からお声が掛かった。お歳を召されてはいるものの、御仁は未だ舌鋒鋭く（ここでも鋭さの問題だ）、批評眼に曇りはない。短編のことできっと何か言われるのだろう。身がすくむ一方で、胸が踊ってもいた。それがどんな内容であれ、文筆家がどう感じたかを聞かせてもらえるのだから。小雨の降る中、待ち合わせの喫茶店に足を早めた。文筆家の著作はほとんど読んでいた。彼の書く文章を信用していた。

喫茶店の扉を開けると、文筆家は先に着いてコーヒーを飲んでいた。そして何の前置きもなく「短編を読ませてもらいましたよ」と話を切り出した。

「あなたのは流行りの文体じゃないね。それに、誰にでも読みやすいっていう文体でもない」

そう言ってコーヒーカップを口に運んだ。

「でも、いま流行ってる小説なんてどうでもいい。あの短編は、あれだけで終わらせてはいけないよ。自分の祖父母にとどまらずに、壱岐で生きてきた人たちの話を聞き書きしてまわるといい」

文筆家は「細部が大事だ」と言った。

「細部を書きなさい。あなた自身は隠れていていいから。島の細部を描けば良い」

彼は「記憶を集めなさい」と言った。「声を集めなさい」とも言った。

ペンとレコーダーを手にして現れた不束者に、皆は記憶を委ねてくれた。当然ながら楽しい思い出ばかりではなかった。憂いや痛みに満ちていた。

話を聞くということ。それはつまるところ、共鳴なのではないか。聞き手の側に古傷が一つも無かったとしたら、声を届けてはもらえなかったかもしれない。皆の声に一番熱心に耳を傾けていたのは、普段はまるで愛想のない、胸の内にいる苦い過去だった。

＊

空港のロビーに一人きりでいる七歳の少年は、言うまでもなく、大した過去も記憶も持ち合わせていない。ましてや島のあちこちに無数の記憶が眠っていることなど、知りもしなければ考えもしなかった。窓の外に目をやって、ただ狼狽えているだけだった。

ふと見上げると、遠い親戚の経営する時計屋の看板が掛かっている。その看板の端に電話番号が書いてあった。ポケットにはいくらか小銭が入っていた。電話ボックスに入ってダイヤルを回した。なぜ遠戚の時計屋にかけなければならなかったのか。祖父母や叔母の家の番号は、単純に覚えていなかった。自分の家にはかけたくなかった。ジュニアパイロットのプライドか、あるいは第二子の矜持か。時計屋の叔父に半分泣きながら事情を話した。叔父は「やおいかんやったねえ」と大笑いした。私もつられて笑ったのを覚えている。そうしていると実際、ただの笑い話に思えてきた。ついさっきまで、この世の終わりのような気分でいたのに。笑っていれば大抵のことは乗り越えられる。当時の私はそう考えたかもしれない。あの夏は、そういう幸福な時間だった。時を経て、潰える空路もあることを知ってしまったが。

「すぐ迎え行くけん、待っちょきない」

私は胸を撫で下ろして受話器を置いた。

そういえば、宝物にしていたあのバッジはどこにやってしまったのか。

探せばどこかで見つかるだろうか。

【著　者】

松嶋 圭（まつしま・けい）

昭和49年長崎県壱岐市生まれ。精神科医。平成28年『Conversations with Shadows』にて、第3回プラダ・フェルトリネッツリ賞（プラダ主催・国際文学賞）受賞。

＊初出一覧
「陽光」アルテリ三号　平成29年2月
「書き初め」アルテリ四号　平成29年8月

装丁　中川たくま
装画　森田加奈子

※この物語はフィクションです。実在の人物や団体などとは関係ありません。

陽《よう》光《こう》

平成三十年十月十五日　初版発行
平成三十年十二月十五日　二刷発行

著者　松嶋 圭
発行者　田村志朗
発行所　㈱梓書院
福岡市博多区千代三—二—一
電話〇九二—六四三—七〇七五

印刷・製本／シナノ書籍印刷

ISBN978-4-87035-631-3